Auprès de mon arbre
Je vivais heureux !
Je n'aurais jamais dû
Le quitter des yeux !

Georges BRASSENS
(1921-1981)
Georges Brassens regrettait d'avoir quitté son arbre.

Moi, je suis revenu près de mon arbre pour m'asseoir sur mes racines après les avoir quittées pendant plus de vingt ans, mais mon arbre n'avait plus la prestance qu'il avait dans ma jeunesse. Il s'étiolait vraiment, mon arbre. Ceux qui auraient dû l'entretenir l'ont laissé dépérir et maintenant, il ressemble à un squelette noirci, perdu dans la brume du temps et dont les fruits tombent sans que cela ne profite à personne, pourris à cœur avant d'être mûrs.

Les oiseaux qui l'égaillaient dans le temps le désertent maintenant pour d'autres arbres plus accueillants.

Mais peu importe, moi j'ai gardé mon âme d'enfant et surtout l'imagination qui comblait la solitude du fils unique.

Alors, j'ai mis quelques nouvelles, tout droit sorties de ma matière grise, dans un petit recueil pour votre plaisir.

Bonne lecture !

© 2016, Jacques Travers

Edition : BoD - Books on Demand
12/14 rond-point des Champs Elysées, 75008 Paris
Impression : Books on Demand GmbH, Norderstedt, Allemagne
ISBN : 9782322095018
Dépôt légal : juin 2016

Auprès de mon arbre

Brèves nouvelles

Du même auteur chez BoD :

La Guerrière Cathare (T 1)
L'Or de la Montagne Noire (T 2)
CANICULE MEURTRIERE

Jacques TRAVERS

Auprès de mon arbre

Recueil de nouvelles

Copyright ©Jacques Travers 2016

Une sensation bizarre

Je n'avais jamais ressenti un tel bien-être en même temps qu'un profond sentiment de désespoir qui me submerge et m'angoisse.

Je suis bien. Je me sens très légère, mais apparemment, mon esprit lui aussi prend une inconsistance vaporeuse qui me rappelle la seule fois où je me suis laissée persuader de fumer un joint. Et j'ai beaucoup de mal à discipliner ma propre volonté.

C'est la canicule depuis bientôt deux semaines et la chaleur persistante maltraite les corps et les humeurs, fatiguant tout le monde, jeunes comme vieux, exacerbant les caractères jusqu'à l'irritation.

Le soleil implacable chauffe sans miséricorde les hommes et les choses dans une clarté éblouissante.

Mais je n'avais jamais remarqué cet immense halo blanc qui voile tout devant moi, me faisant évoluer dans une lumière presque irréelle.

Justement, quelque chose de bizarre me surprend : je n'ai pas chaud !

Ce matin, pourtant, c'est la chaleur, entrant par la baie de la chambre restée ouverte, qui m'a réveillé et fait quitter le lit de bonne heure alors que le reste de ma tribu dormait encore.

Descendue dans la cuisine, je me suis fait un café que j'ai dégusté en profitant de la tranquillité et du silence de ce dimanche matin, quand partout tout autour, le voisinage profite des meilleures heures de la journée pour faire la grasse matinée.

Damien, mon mari, s'est étalé sur toute la surface du lit dès qu'il a senti la place libre. Je ne l'ai pas réveillé pour qu'il puisse se reposer encore un peu.

Hier soir, il m'a fait l'amour comme cela lui arrive rarement.

Nous avions couché nos enfants de bonne heure pour nous ménager une petite soirée intime, ce qui ne nous arrive pas souvent à cause de nos métiers respectifs.

J'avais préparé un petit apéritif et surtout, une jolie table pour un repas en amoureux. Et entre deux scotchs, il a commencé à se montrer entreprenant... Pour le moins que je puisse dire !

Je pense tout de même que les antipasti au piment et au gingembre que j'avais préparés y étaient pour beaucoup, et le poulet curry que j'avais concocté avec amour pendant l'après-midi a décuplé sa libido.

Pourtant, malgré son tempérament de feu, et au lieu de me « sauter dessus », il m'a caressée et cajolée avec une tendresse infinie, et bien que nous soyons un couple uni, sans plus de problème que la plupart de nos amis, de le sentir aussi proche et passionné, je me suis senti pleinement femme.

Son énergie amoureuse, son désir ardent et sa délicate expérience, il l'a délibérément mis au service de mon plaisir et pendant une partie de la nuit, il m'a aimée avec une exaltation que je ne lui connaissais pas et il m'a amené ainsi, jusqu'à un fantastique orgasme.

Une onde de plaisir, née tout au fond de mon ventre avait envahi mon corps et mon esprit dans une douce ivresse de volupté.

Quel bonheur que de partager ce plaisir physique avec un homme redevenu pour une nuit son amant, et se mêler intimement à lui dans une osmose totale entre deux êtres unis pour la vie.

Il est vrai qu'avec Damien, c'est l'entente parfaite depuis que nous nous connaissons. Peut-être pas le bonheur avec un B majuscule, mais un bien-être, un ravissement qui dure depuis bientôt dix ans, et que nos deux petits trésors Enzo et Aurélie sont venus comme une double bénédiction, exalter notre union.

Et cette impression, c'est vraiment bizarre ! Il me semble que tout cela se détache de mon esprit, et pourtant il est important de fixer mon esprit là-dessus.

Toutes les images de notre vie de couple semblent se bousculer devant mes yeux : notre rencontre dans un club de vacances en Tunisie, nos premières approches timides sur la plage, quelques verres au bar, un repas dans une gargote de Monastir et puis, enfin, j'ai accepté, timidement, l'hospitalité de sa chambre.

Ainsi a démarré notre belle histoire !

Nous n'habitions pas la même ville. Il y avait même près de quatre cent kilomètres entre nous. Mais comme je travaillais à mon domicile, et que j'ai vite compris que la lassitude des trajets risquait de mettre notre relation en danger, alors, j'ai transporté mes Pénates dans son appartement où, vaille que vaille, nous avons passé les premières années de nos amours.

Mais que se passe-t-il ?

J'ai l'impression d'être ballotée ! Je n'arrive pas à rester stable. Mon épaule heurte un mur... mais je n'ai pas mal. La tête me tourne. J'ai du mal à respirer.

Pourquoi est-ce que je me sens aussi bizarre aujourd'hui ?

Après m'être levé je n'ai pris qu'un café, ce n'est tout de même pas cela qui m'a mis dans cet état. Ou bien je n'ai pas assez mangé ce matin et après notre nuit agitée, je manque un peu de vitamines et je dois avoir des vertiges.

Pourtant je n'ai pas envie de me reposer. Je ne comprends pas !

Et ces images qui n'arrêtent pas leur sarabande !

Notre mariage !

Et surtout notre voyage de noces !

Un magnifique séjour au soleil, dans le Sud de l'Espagne.

L'Andalousie, Grenade, Cordoue, Séville. Une semaine de rêve où nous avons laissé libre cours à notre amour.

Dans l'Alhambra, nous avons réussi à fausser compagnie à notre groupe de visite, au nez et à la barbe de notre guide, un peu trop pédant et qui trouvait vraiment déplacés nos baisers et nos caresses tout au long de la visite. Comme des ados en quête de sottise, nous nous sommes réfugiés dans une pièce qui ne faisait pas partie du parcours et nous avons fait l'amour sur le lit du Sultan Machin-chose. Comme des adolescents en goguette.

Toutes nos journées se sont passées de la même façon, visites, amour et le soir nous écumions les boîtes de nuit puis nous rentrions à l'hôtel et nous remettions cela avant de nous endormir, épuisés jusqu'en milieu de matinée.

Mais encore une fois, pourquoi est-ce que je me remémore cela ? Est-ce que mon état étrange est responsable de ces visions du passé ?

Et ce drôle de goût tout au fond de ma gorge… du chlore, il me semble. Ou du sel.

J'ai froid !

Pourquoi toutes ces images de notre bonheur, de notre union si complice, si fusionnelle et qui tourne dans ma tête tel un diaporama défilant à toute vitesse.

Et ma mère ! Qu'est-ce que ma mère fait ici ? Et… cette gamine qui la tient par la main ? Mais c'est moi !

Et mon père qui me tient par le col de mon manteau pendant que j'essaie de me tenir sur mon petit vélo dont il vient de retirer les petites roues !

Mon Dieu !

Cette sensation d'onduler, de flotter... Bon sang, je... Je comprends !

Après avoir bu mon café, je suis sorti sur la terrasse pour profiter du soleil matinal, déjà chaud, mais pas encore brûlant.

C'est là que j'ai vu ce malheureux Minou, le petit chat d'Aurélie, tomber dans la piscine. Il s'est mis à se débattre en miaulant à fendre l'âme.

Alors je me suis précipité pour contourner la haie qui ferme le fond du bassin, puis, courant sur les margelles, j'ai buté sur l'une d'elle, descellée depuis cet hiver et que Damien promet de réparer tous les week-ends.

J'ai chuté lourdement sur l'angle des dalles du bord, et j'ai perdu conscience.

L'élan de ma course m'a fait culbuter dans l'eau.

Malgré la fraîcheur de l'eau, je n'ai pas repris mes esprits, et... je suis en train de me noyer !

Une longue nuit de Novembre

Il est un peu plus de midi.
Ceux des corvées sont revenus plus tôt aujourd'hui, car une attaque a été ordonnée par les Officiers Supérieurs, pour l'après-midi.

Et les hommes doivent se restaurer avant de partir au combat. Se restaurer étant un bien grand mot pour une bouillie infâme qui ne rassasierait même pas un rat famélique.

Un assaut vraiment très important a dit le Capitaine : « Capital même ! » a-t-il ajouté pour essayer de motiver les soldats qui, après quatre interminables années de guerre, ne sont même plus épuisés, car ce vocable est dépassé depuis longtemps.

Un aumônier est venu de l'arrière pour les réunir dans une courte prière qui ressemblait plus à celle des condamnés à mort, qu'à un office joyeux d'un dimanche de Mai.

Ces hommes qui ont vécu l'enfer pendant des mois et des mois, dans cette mer de boue monstrueuse que sont les tranchées, mal-nourris et quelquefois pas du tout, mal approvisionnés en armes et munitions, et surtout sans le moindre égard de la part de leurs officiers.

Ces soldats sans noms, à la merci d'un État-major dont les Généraux, les fesses bien au chaud à l'arrière, se servent comme chair-à-canon pour combler les fossés ennemis, ne sont plus que des fantômes terreux obéissant à des ordres iniques qui les envoient sans le moindre remord, au prévisible massacre final.

Il a plu toute la matinée et la terre des Ardennes leur colle de partout. Une pluie continuelle, pas très forte, mais qui pénètre les uniformes et glace le corps jusqu'à la moelle des os. Une pluie d'automne qui ferme l'horizon comme un sinistre drap de deuil. Abrutissante et désolante et qui mine le moral encore plus que l'attente du combat.

Au-delà de cette saignée immonde, remplie de boue fangeuse, le no man's land, le terrain dévasté par les combat et les bombardements qui les sépare des troupes Allemandes lesquelles, reculent déjà depuis plusieurs mois, se repliant de plus en plus vers le Nord.

Le paysage alentour ajoute au sinistre de l'ambiance, déjà rendu morne par le ciel bas et gris. La végétation se résume à quelques bosquets d'arbres que l'automne n'a pas eu à découvrir de leurs feuilles, tant la mitraille les a transformés en grotesques squelettes de bois. Quelques brins d'herbe subsistent difficilement au milieu des trainées de ronces dont les épines font piètre figure en comparaison de celles des réseaux de barbelés, mais qui sont les seules notes verdâtres au milieu de ce monde irréel où dominent la grisaille et le noir.

Des odeurs infâmes, exhalées par la pourriture engendrée par l'humidité, les latrines infectées à cause des dysenteries permanentes, et surtout, dans ce fossé sinistre, traine l'odeur âcre et pestilentielle de la mort, envahissant de ses miasmes corrompus le moindre recoin de galerie.

Les soldats debout au milieu de la tranchée, fusil Berthier au pied, baïonnette au canon, sont prêts à bondir pour franchir le talus qui les protège des tirs ennemis.

C'est le silence.

Avant l'assaut, chacun pense aux siens, à tous ceux qu'il ne reverra peut-être jamais si la mort, par la mitraille allemande, le fauche dans sa course inutile vers les positions adverses. Certains prient : Dieu, Allah, Yahvé, Vishnou ou bien d'autres, pour se mettre en paix avec leur Religion et surtout avec eux-mêmes, pour essayer d'avoir moins peur, et pour les aider, les gourdes de « gnole » circulent et les dernières cigarettes partent rapidement en fumée.

Baïonnette au canon, résigné, ils sont prêts.
Prêts à mourir, car il faut bien que cela finisse. Mourir d'une balle ou finir couché comme un chien, dans la boue, vidé par la dysenterie ou le choléra, il faut en terminer une fois pour toutes.

Le Capitaine consulte encore sa montre, attend encore quelques secondes, puis il la range précipitamment avant de se mettre à hurler « en avant ! », et il s'élance par-dessus le monticule de terre, imité par tous ceux de la tranchée.
L'assaut est lancé.

Dans le premier rang à se ruer vers les lignes ennemies, quelques hommes tombent, brisés dans leur élan par les rafales meurtrières des mitrailleuses.
L'un d'eux tenait dans sa main la photo de sa femme ou de sa fiancée.
Les « Poilus », dans leurs uniformes couverts d'une gangue de boue, s'empêtrent dans leur propre réseau de barbelés qui accrochent leurs bandes molletières et déchirent leurs mollets. Avec leurs souliers que la terre alourdie, ils butent dans les morceaux de troncs d'arbres hachés par les obus de mortiers, et trébuchent dans les énormes trous causés par les 105. Ceux qui y tombent sans être touchés, restent affalés au sol,

gagnant quelques secondes supplémentaires de vie, avant de se lancer à nouveau dans cette course à la mort.

Le Capitaine, suivi par un groupe d'une trentaine d'hommes, ont atteint la première ligne de tranchées allemandes et ont réussi à réduire au silence les deux mitrailleuses qui fauchaient les hommes comme la lame d'une faux qui ouvre son chemin dans les tiges de blé.
Les quelques Allemands qui n'ont pas été tués, lèvent les bras pour se rendre en criant fort « Kamarad, kamarad ! » pour se faire entendre dans cet enfer d'explosions, de coups de feu, de cris et de hurlements de toutes sortes. Les Français sautent dans la tranchée, embrochant de leur baïonnette les soldats ennemis blessés mais qui tiennent encore leur fusil à la main.

Après toutes ces années de guerre, d'atrocités journalières, de privations et de sacrifices, les combattants ne sont guère enclins à la pitié, et les quelques bons sentiments des premiers mois ont totalement disparus.

Tapi au fond de la tranchée investie, le Capitaine recharge son pistolet. Puis, remotivant ses hommes, il bondit par-dessus le parapet, et se lance à l'assaut de la suivante. Les soldats hurlent, autant pour effrayer l'ennemi, que pour se donner du courage.
C'est un rang compact et hurlant qui part à l'attaque des positions arrières.

L'artillerie allemande a commencé ses tirs et les obus commencent à tomber au milieu de cette zone désertique où ne subsiste, à travers le crachin de la pluie et la fumée des explosions et des tirs, que les fantômes immobiles des ruines d'un hameau.

Maçonneries des hommes désormais abandonnées par toute vie, et réduites à servir d'abris à quelques tiges d'orties et de ronces qui, barbelés naturels, lacèrent les uniformes des soldats qui s'en approchent pour éviter la mitraille pendant quelques secondes.

En approchant de la seconde tranchée, les tirs se font plus nourris, et les obus tombent comme la grêle. Le vacarme est assourdissant, et les cris des blessés se confondent avec les hurlements de l'attaque.

Les rangs des Français s'éclaircissent rapidement, touchés par les balles ou les éclats mortels des obus. Certains tombent assommé par le souffle des bombes, et sont ensevelis sous la terre ainsi projetée.

La mort fait grandes provisions d'humains !

Soudain, de la droite, surgissant d'un rideau opaque de fumée, surgit un groupe compact d'Allemands. La baïonnette courte au canon, ils attaquent le flanc le plus dégarni des assaillants.

En quelques secondes, c'est la cohue !

Le Capitaine hurle des ordres que personne n'entend. Les Poilus hésitent... Faut-il continuer la progression vers la tranchée, ou faire face à l'infanterie ennemie ?

Voyant leurs camarades en infériorité numérique par rapport à la percée des soldats aux casques verts, une grande partie oblique vers la droite pour aller à la rencontre de la contre-offensive allemande.

Alain Faivre est de ceux-là. Courant, criant, hurlant, fusil à la taille, il fonce avec ses compagnons, au secours de leurs frères de combat.

La mêlée est atroce !
Le premier rang de chacun des adversaires, a fait feu. Et ce sont les mêmes qui tombent, tués par la fusillade.
Se sont ensuite les baïonnettes qui percent les corps, déchirant les chairs et transperçant les organes. Les hommes se battent au corps-à-corps, s'égorgeant et se blessant mutuellement.
Parmi les Allemands, un géant, tenant son fusil par le canon et le faisant tournoyer, fait voler les casques bleus, assommant ou tuant sur le coup leurs propriétaires, jusqu'à ce que Alain et deux de ses camarades lui plantent leurs baïonnettes dans la poitrine dans un ensemble que l'on croirait concerté.
L'hercule blond, laisse choir son arme, puis ses yeux se mettent à rouler, et quand les lames d'aciers se retirent de son corps, il s'écroule mollement au sol.

Mais la bataille n'en est pas terminée pour autant, et si les Français sont maintenant les plus nombreux, ils doivent anéantir le groupe ennemi avant de s'élancer à nouveau vers la tranchée que le Capitaine et l'autre aile viennent d'atteindre.

Alain vient de clouer au sol son énième soldats allemand. Il retire sa lame fichée dans le cadavre et aussi dans la terre, tant il a pesé sur son fusil pour la faire pénétrer.

Son geste brusque le déséquilibre en arrière et il tombe au sol, roulant dans un cratère d'obus de 105.

Il se relève, récupère son arme et gravit la pente du cône de terre. Mais le sol rendu boueux par la pluie qui ne cesse de tomber est si glissant qu'il a de grosses difficultés à se hisser jusqu'au bord du trou.

S'aidant de la crosse de son fusil comme d'une canne, il parvient à mettre un genou au bord de l'orifice. Il finit de se redresser, et se retrouve accroupi au milieu des cadavres qui jonchent le sol.

Il finit de se relever en pesant à nouveau sur son arme.

Quand il redresse la tête, il se retrouve face à un blessé allemand qui vient de se relever malgré une blessure au côté.

Les deux hommes sont surpris... Alors dans un réflexe conditionné par des années de guerre, Alain détend ses bras et plonge sa baïonnette dans le corps du malheureux.

Celui-ci, mû par le même sentiment d'auto-défense, soulève son fusil Mauser, et avant qu'Alain n'ait le temps de retirer sa lame, il fait feu, utilisant la balle qu'il n'avait pas tirée pendant l'assaut, atteignant Alain en bas de la poitrine.

Le Français tombe en arrière, basculant à nouveau dans le trou d'obus. Il ne lâche pas son fusil dont la lame ressort du corps de l'Allemand, mais qui le fouette au niveau de ses chevilles, le déséquilibrant à son tour et l'entrainant dans la chute de son adversaire.

Au fond du cratère, les deux casques se choquent violemment dans un bruit sourd de casseroles sur un fourneau.

Les deux hommes restent à terre, à demi-inconscients. La pluie qui tombe dilue le sang de leurs blessures.
Là-haut, dans le no man's land, la fureur de la bataille se calme.
Le Capitaine et ses hommes sont venus à bout de la résistance des combattants allemands et ont investi la totalité des tranchées, défendues par une armée aussi lasse que les Français, mais qui ne cesse de reculer depuis plusieurs mois, acculés à leur propre frontière.
Les canons et les mortiers ont cessé de tonner, leurs servants ayant été tués ou bien en fuite.

Le silence revient sur cette terre de désolation où l'on n'entend plus maintenant que la pluie qui redouble et les gémissements des blessés. Cette guerre abominable aura encore une fois amené son lot de morts et de désolation, ne laissant derrière elle que des cadavres et de la tristesse. Car même lorsqu'une attaque se solde par une victoire, comme cet après-midi, les hommes savent bien comment celle-ci peut être éphémère et que ce qui a été conquis ce jour, peut se perdre le lendemain.

Et les camarades qui ont perdu la vie, seront morts pour rien car il faudra recommencer, encore et encore, et que d'autres mourront encore tant que des généraux fantoches et totalement incompétents se croiront encore dans des guerres napoléoniennes !

La pluie redouble d'intensité, remplissant le fond du trou où gisent les blessés. Les deux corps baignent maintenant dans quelques centimètres d'eau.

Alain, dont le casque a roulé sur le côté, reçoit l'averse en pleine face, ce qui lui fait reprendre conscience et retrouver aussi la douleur de sa blessure.

Il se plaint à voix-haute :

— Aïe ! Saloperie de pluie !
— Non ! Saloperie de guerre ! Répond l'Allemand.

Alain est surpris. Déjà, il pensait que son adversaire était mort. Non seulement il vit encore, mais il parle français !

— Co… comment ? Tu…tu parles français ?
— Oui, je ne suis pas Allemand ! Je suis Alsacien et qui plus est, professeur de français, dans un collège.

Un silence presque gênant pour Alain, suit les paroles du soldat, tout de même ennemi. Mais il essaie de s'excuser :

— Je… je suis désolé ! Quand je me suis relevé et que je vous ai vu devant moi, j'ai eu peur, et… c'est… c'est un réflexe idiot !
— J'ai fait de même ! J'ai été blessé pendant l'attaque, et je me suis relevé juste pour voir ce qui se passait dans les tranchées. Absurdité qui nous a conduits dans ce trou à rat tous les deux… J'espère que les brancardiers vont passer !
— Je ne sais pas, car comme vos troupes ont beaucoup reculé ces dernières semaines, nos hôpitaux de campagne n'ont pas pu suivre. Même les gars du Génie qui enterrent les morts, sont encore à l'arrière… Espérons que quelques-uns de mes camarades repasseront par ici !
— Hum ! Ce ne sera pas forcément bon pour moi ! Je reste l'ennemi ! Et si vos « nettoyeurs de

tranchées » passent par-là, le résultat sera de même.

Cette perspective n'avait pas échappé à Alain, mais il s'était abstenu d'en parler par respect pour son voisin. Celui-ci, d'ailleurs, ne tenait certainement pas à s'étendre sur le sujet, et préféra demander :

— D'où es-tu ? Ton accent ressemble à celui des gens de l'Est !
— Je suis de l'Est ! J'habite à Lons-le- Saunier, en Franche-Comté. Mais notre famille est aussi originaire d'Alsace, mon grand-père était vigneron à Wihr-au-Val dans la vallée de Munster.
— Bon sang ! Weier im Thal ! C'est comme cela que les Allemands l'appellent ! C'est incroyable ! Et… comment t'appelle-tu ?
— Je m'appelle Alain Faivre, mais mon grand-père s'appelait Clément Hartmann !
— Oh non ! Ce serait trop affreux !
— Qu'est ce qui serait affreux ?
— Mon grand-père était vigneron à Weier im Thal… et il se nommait Clément Hartmann ! D'ailleurs, mon nom est Hans Hartmann… Ce qui serait affreux, c'est que nous soyons des cousins !

Alain est écrasé de chagrin et de regrets. S'ils sont vraiment cousin, et qu'ils se soient entre-tués, alors oui, c'était affreux…

— Putain de guerre ! Ne peut-il s'empêcher de crier, comme pour conjurer ce sort infâme.

La douleur qui l'avait laissé en paix, venait de se rappeler à lui, envahissant sa poitrine et le faisant se crisper.

— Ne bouge pas ! Lui conseille Hans, sinon tu vas faire saigner ta plaie.
— Elle n'a pas arrêté de saigner ! L'eau est toute rouge autour de moi. Je crois bien que je n'en ai plus pour très longtemps !
— Ne dit pas cela, Alain ! Nous devons tenir le coup ! On va venir nous chercher. Je pense qu'ils le feront quand il fera nuit, pour éviter de se faire tirer dessus.
— Que Dieux t'entende !

La pluie a cessé. Mais les gros nuages noirs qui cachent le ciel assombrissent le paysage. La nuit ne va pas tarder et l'obscurité sera totale.
Au fond du trou, l'eau s'est infiltrée dans la terre, et les deux hommes ne baignent plus dans cette mare immonde, aux reflets irisés de rouge par leur sang.

L'un et l'autre sont pris dans leurs pensées, et même s'il subsiste au fond d'eux une faible lueur d'espoir, la réalité des choses et surtout l'endroit où ils se trouvent, leurs laissent à penser que leur vie éphémère risque bien de se terminer dans ce trou.

Dans la vie, chance et malchance se côtoient. Ces deux êtres qui ne se connaissaient pas le matin même, se découvrent parents alors qu'ils viennent de s'entretuer.
Les voies de Dieu sont impénétrables !

Mais qu'ont donc fait de mal ces hommes pour souffrir d'un tel tourment... Est-ce tout ce que leur aura réservé la vie ? Une courte jeunesse, sans même avoir le temps de fonder une vraie famille, des mois d'une guerre absurde dans la boue et le sang ?
Et maintenant une fin sans gloire et si douloureuse dans le corps et dans l'esprit ?

Les Nations ne se préoccupent guère de leurs enfants lorsqu'elles sont en conflit entre elles, l'important est d'en avoir le plus possible pour pouvoir être le vainqueur final.

Ah, on les honorera, plus tard ! On leur construira des monuments, on leur bâtira des mausolées, puis on les oubliera pour penser plus librement à la prochaine guerre !

On inventera même des armes bien plus sophistiquées que celles employées à ce jour de façon à tuer le plus de monde possible. Et les civils, hommes, femmes et enfants ne seront plus tenus à l'écart des combats. Bien au contraire, ils feront partie de la plus grande masse des morts.

On essaiera aussi d'éradiquer des peuples entiers ! Pour leur race, ou leur religion ou bien tout simplement pour leurs idées et leurs opinions.

Les gens au pouvoir, les politiques, ne tirent JAMAIS les leçons du passé, et surtout pas celles de leurs erreurs.

La nuit est maintenant totale. Un vent léger venu de l'Est a chassé une partie des nuages, dégageant un ciel couvert de myriades d'étoiles brillantes et, là-bas, venue des Vosges et sortant des derniers nuages, un croissant de lune dessine le contour des choses de sa clarté diaphane et douce.

Au fond du cratère, les deux hommes sont restés silencieux pendant plusieurs heures. La fièvre provoquée par leurs blessures les engourdis pendant de longs moments.
Alain, beaucoup plus mal en point, frissonne sans cesse. Le froid et l'humidité de la terre ont saturés son uniforme. Le Capitaine avait exigé que les soldats partent à l'assaut sans leur capote pour ne pas être

gênés dans leurs mouvements. Alain avait pensé que c'était une bonne idée, surtout quand il fallait escalader les parapets et que l'on posait les pieds ou les genoux sur les pans du manteau, malgré qu'ils soient accrochés sur le côté.

Mais maintenant qu'il était couché dans cette fange, il regrettait l'épaisse capote qui l'aurait mieux protégé de ce froid qui envahissait son corps et le faisait grelotter.

- Alain !... Alain ! Tu es réveillé ?
- Oui ! Mais j'ai beaucoup de mal… Je me sens faible.
- Surtout ne t'endors pas… Tu risquerais de ne pas te réveiller !
- Oh, tu sais, je n'ai plus d'espoir de m'en sortir. J'ai de plus en plus de difficultés pour respirer et je ne sens pratiquement plus mes jambes… Je transpire et pourtant je suis complètement gelé !

Hans, se soulève sur un coude, et en rampant, au prix de mille souffrances, vient se mettre contre Alain, et se colle à lui pour essayer de lui transmettre un peu de sa chaleur.

Il prend sa main dans la sienne. Ses doigts sont gourds et glacés. Il lui replace correctement le casque pour isoler sa tête de la boue.

- Tu es marié ? Lui demande-t-il.

— Oui… elle s'appelle Marie… Et j'ai une petite fille, Amandine, le soleil de ma vie…

Un sanglot secoue sa poitrine. Il a beaucoup de mal à le contrôler, et en plus cela déclenche une forte douleur dans sa poitrine. Hans essaye de le calmer en lui serrant la main, mais l'émotion l'étreint lui aussi et il préfère ne rien dire.

— Je ne les reverrai pas… Mes amours ! Ma chère tête blonde qui vient d'avoir ses quatre ans. Elle est née au début de la guerre. Et Marie, ma brave Marie ! Un ange de tendresse… Et je n'aurai pas eu l'occasion de lui dire toutes ces choses que j'avais dans le cœur et que je n'ai jamais osé lui confier. Quel imbécile je suis.

Hans voudrait le consoler, le rassurer avec des paroles de meilleurs lendemains, d'avenir, mais la plaie qui s'est rouverte lui rappelle que lui aussi est moribond, et que lui non plus ne verra peut-être pas le jour se lever.
Lui-même doit rester éveillé, et ne pas laisser le froid et la fièvre l'emporter dans un sommeil qui deviendrait vite éternel. Alors, c'est lui qui se raconte en partie pour son cousin, et surtout pour lui. Se remémorer ses années passées, pleines d'espoirs de vie.

— Après son mariage, mon père avait repris une ferme à Gunsbach. Comme il y avait plus de prairie que de vignes, il s'est lancé dans l'élevage de vaches montbéliardes. Tu sais, ce sont de belles vaches tachetées de marron avec une large bande blanche le long de l'échine. Et il produisait aussi un petit vin blanc un peu râpeux, mais qui va très bien avec la choucroute.

Les souvenirs reviennent dans sa tête. Les repas en famille avec ses parents et sa sœur. Il se dit que son père doit l'attendre, debout devant le grand poêle de céramique, sa grosse pipe à la bouche pendant que sa mère doit tricoter de chaudes affaires en prévision de l'hiver qui arrive.
Celui-ci ne sera pas que la période de froid indispensable à la nature pour se régénérer. Il sera la période de deuil, le deuil du fils qui ne sera pas rentré de la guerre.
Happé, broyé par cette hideuse Gorgone qui vide les foyers de toute cette sève nouvelle.
Tous ces jeunes soldats envoyés à la mort pour la gloire morbide de généraux flagorneurs, et surtout pour faire la fortune des marchands d'armes et de tous ces profiteurs de l'arrière qui, les fesses au chaud, spéculent au son du canon.

Hans aussi, pense qu'il ne reverra pas Émilie, sa douce épouse qui avait si bien aménagé leur nouvel appartement dans le centre de Munster, lui évitant ainsi les trois kilomètres qu'il devait faire à pied tous les matins et tous les soirs depuis la ferme paternelle.

Juste un petit deux pièces, mais qu'elle avait décoré et disposé avec tant de goût, qu'il lui avait fallu beaucoup de courage pour repartir se battre lors de sa dernière permission.

Ce souvenir mouille ses yeux, et fait couler d'amères larmes, le long de ses joues.

D'autant qu'Émilie avait arrangé un coin de leur chambre avec un petit lit et un rideau de voile blanc pour le séparer du reste de la pièce.

Peut-être préparait-elle un heureux évènement ?

Il n'y avait pas réfléchi, mais certaines allusions dans sa dernière lettre, et sa façon de parler de famille et non plus de couple... Bon sang ! Et lui qui n'avait même pas écrit de lettre avant de monter à l'assaut. Il faut dire que les Français les avaient pris de court, et il n'avait pas eu trop de temps.

Mais il aurait dû faire comme ses « kamarad », et écrire une lettre qu'ils gardent sur eux, en cas de... et que les brancardiers ou les infirmiers postent plus tard.

— Alain !... Alain ! Apelle-t-il en lui secouant la main.

L'autre sort difficilement du brouillard dans lequel il flotte, engourdi par la fièvre :

— Oui... Hans ? Répond-il faiblement.
— Est-ce que tu as une lettre pour ta femme sur toi ?

- Euh… Je ne sais pas…n… non… je l'ai laissée dans ma capote.
- Ah ! Alors tes camarades en prendront soin et l'a lui enverront !
- J…je l'espère… Tu sais… qu'elle… heure il est ?
- Attend ! Je vais essayer d'attraper ma montre ! Peut-être qu'avec la clarté de la lune, je vais voir les aiguilles.

Il fouille sa poche à la recherche de son « oignon[1] ». Il ouvre le capot où il a collé une photo de sa chère Émilie, mais le peu de lumière ne lui permet pas de la distinguer, par contre, les aiguille luisent un peu sous la clarté blafarde, et en l'inclinant il devine plus qu'il ne voit, leurs positions :

- Il n'est que trois heures vingt ! Je pensais qu'il était bien plus tard et que le jour n'allait pas tarder à se lever… On va devoir attendre !
- Hum, at…tendre… si on p…peut.
- Mais si, tu vas voir plus que quelques heures et l'on verra le jour. En attendant regarde les étoiles. Dieu n'est pas si méchant, il a arrêté la pluie et chassé les nuages pour nous offrir ce ciel magnifique pour notre dernière nuit sur terre !
- J'ai du… mal… à gar…der les yeux… ouv…ouverts…alors, je vois… pas les é…toiles… Hans…Hannns !

---

[1] Montre gousset.

— Oui Alain, je suis là !
— Je sens… que je… suis en…ttt…train…de mour…rir… Pard… pardonne… moi.
— Je n'ai rien à te pardonner, mon pauvre Alain ! si les choses ne s'étaient pas passées ainsi, nous aurions peut-être été tués à cent mètres d'ici, et nous ne nous serions pas connus… Ce n'est pas ta faute, c'est cette fichu guerre qui a fait de nous des tueurs.

De forts sanglots soulèvent la poitrine douloureuse d'Alain. Il n'a pas peur ! La peur l'a quitté depuis longtemps. Depuis plus de trois ans qu'il croupit dans la boue des tranchées. Été après hiver, bondissant de ces fossés cloaques pour partir en hurlant à l'assaut des positions ennemies, avec une peur panique au début, mais une peur inconsciente au fur et à mesure de la succession des attaques.

Mais il est difficile de mourir quand on n'a pas eu le temps de vivre !

Et ce sont sur ces années qu'il ne connaitra pas, auprès de sa femme et des enfants qui seraient venu égayer leur foyer, qu'il pleure à chaudes larmes, sur un bonheur qu'il ne vivra jamais.

Hans, un peu plus âgé, et malgré ses propres blessures, se veut protecteur de ce cousin, surgit de la boue en fantassin tragique.

Il lui serre la main plus fort. Alain essaie de lui rendre son geste d'amitié, mais il n'arrive qu'à replier le bout de ses doigts et sans aucune force.

L'Alsacien ressent l'émotion de son parent. Lui aussi est nostalgique, et même s'il ne souffre plus de ses blessures, il est inquiet.

Combien de camarades a-t-il vu revenir sur un brancard avec le sourire, heureux de n'avoir que quelques plaies bénignes, et mourir quelques heures plus tard à cause d'hémorragies interne et totalement indolores ou d'infections galopantes dues au manque total d'hygiène des postes de secours et des hôpitaux.

Aussi, il n'a que peu d'espoir de survivre aux deux coups de baïonnette qu'il a reçu. Tout juste espère-t-il voir le jour suivant.

Il essaie de distraire son esprit en se remémorant les quelques belles années qui ont précédé cet aberrant conflit.

Ses études à Strasbourg, une ville qui a conquis son cœur. Ce centre de la ville entouré par l'Ill et cette prodigieuse Cathédrale Notre Dame de Strasbourg avec ses lignes élancées vers le ciel, comme si les bâtisseurs avaient voulu la hisser jusqu'aux cieux.

- Aaah !... Ah... mon Dieu ! Alain gémit de plus en plus.

Il s'affaiblit de plus en plus. Ses doigts n'ont plus la force de se replier sur ceux de Hans, et si celui-ci ne la tenait pas, sa main glisserait à nouveau dans la boue.

Quelques spasmes agitent sa poitrine qui ne se soulève plus régulièrement, et sa respiration n'est plus qu'un hoquet nerveux.

De la commissure de ses lèvres, deux petits filets de sang s'écoulent sur ses joues, glissent entre les poils de sa barbe, et coulent en fines gouttes sur le sol, où elles se mêlent à l'eau.

Le brave soldat Français agonise.

Il se met à tousser fortement, projetant des éclaboussures de sang. Puis il inspire fortement pendant que son corps se tétanise.

Pendant une seconde, il reste immobile. Puis il s'affaisse dans un long râle…

Le brave soldat Français est mort !

Il est mort loin de sa maison, loin des siens, inconnu parmi les inconnus.

Son seul rayon de soleil de son ultime nuit aura été d'avoir son cousin près de lui, qui même mourant lui-même l'aura accompagné dans ces heures difficiles, où la mort joue avec les hommes comme un chat avec une souris.

Hans ne peut retenir ses pleurs. Son cousin vient de s'endormir pour l'éternité. Quel est donc ce destin misérable qui réunit deux hommes dans de si macabres circonstances ?

Quel Dieu impitoyable les rassemble pour leur donner la mort aussitôt ?

Hans ne lâche pas la main d'Alain, comme s'il voulait retenir une étincelle de vie pourtant déjà éteinte.

Maintenant, il ne lui restait plus qu'à attendre son tour. Patiemment.

Il ne voulait plus penser à rien. Vider sa tête et attendre la faucheuse avec courage et une certaine insolence.

Au fond de son trou, son horizon est limité, mais sur le côté, le ciel s'éclaircit dans des nuances de rose orangé.

Le jour se levait.

Il avait tenu toute la nuit, et à présent il pouvait partir, la mort n'avait pas réussi à le surprendre dans les ombres de la nuit.

Elle pouvait venir ! Il était prêt !

La lumière du jour se fait plus forte malgré les nuages qui recommencent à voiler le ciel de leur moutonnement grisonnant.

La pluie n'a pas l'air de vouloir s'inviter, mais la matinée s'annonce tout de même morne.

Hans est étonné du silence pesant qui règne sur le front. De temps à autre, une explosion résonne au loin, mais au plus proche, rien… Ni mitraille, ni canons et surtout le plus impressionnant : le silence des hommes !

Les forces l'abandonnent. Peu à peu, il se sent se vider de toute énergie. Il soulève avec difficulté sa main libre. La peau est diaphane, aussi blanche que la main d'Alain qu'il ne lâche pas.
Voilà la mort qui vient enfin lui apporter le repos… Éternel, certes, mais a-t-il le choix ?
Ses yeux se voilent peu à peu, mais il distingue encore le rond lumineux du disque solaire au travers des nuages, presque au-dessus de lui.
Son esprit s'estompe lentement dans les ténèbres de l'inconscience mais, machinalement, il lui vient l'idée que la matinée était bien entamée. Dans une heure ou plus, il serait midi.
Quel dommage qu'Alain soit parti pendant la nuit. Mais le pauvre gars n'y était pour rien.
Lui, il aurait préféré rester en vie, mais son destin en avait décidé autrement.

Les hommes, quelque soient leurs origines ou leurs religions se rapprochent toujours de leur Dieu au moment ultime de la mort.
Aussi, Hans demande-t-il au Seigneur, courage et protection pour son épouse. Qu'elle se choisisse un

autre mari quand la période de deuil sera terminée et qu'elle fonde cette famille que cette maudite guerre ne lui aura pas permis de faire.

Il est maintenant en paix avec lui-même et se prépare au grand voyage. D'ailleurs, il entend déjà, très loin, le son des trompettes divines.

Peu à peu, elles se rapprochent de lui. Il est prêt !

La sonnerie est quand même bizarre. Il lui semblait que les musiques du Paradis étaient moins martiales, plus douces.
Et maintenant, il en entend une toute proche. Mais ce ne sont pas les trompettes divines qui jouent, ce sont des clairons, des clairons militaires.

Là ! La dernière est la plus proche ! Dans le camp des Français !
Et cet air, il le connait ! C'est le « cessez-le-feu » !
Maintenant, c'est de partout que résonne la sonnerie. Et cette rumeur, ce grondement qui s'amplifie ?
Ce ne sont pas les voix divines des angelots !
Ce sont des centaines, des milliers, des centaines de milliers de poitrines humaines qui reprennent en chœur « La Marseillaise » ... C'est la fin de la guerre !

Quand, enfin il réalise la situation, Hans se met à pleurer, à gros sanglots comme un enfant qui cherche sa mère.

Alain et lui avaient perdu la vie le plus mauvais jour, celui où l'on se devait d'être en vie pour participer à la liesse générale de tous ceux qui avaient fait ce si long chemin, et qui avaient eu la chance d'être encore en vie, après cette affreuse hécatombe.

Ses yeux se ferment. Doucement il se laisse glisser dans cette nuit éternelle qu'ont connu tant de jeunes gens avant lui.
Ses traits se détendent. Sur ses lèvres, un léger sourire se dessine.

Le brave soldat Alsacien est mort.

Les brancardiers et les soldats qui participaient au ramassage des blessés et des morts des derniers jours, furent surpris de trouver un soldat Français et un soldat portant l'uniforme allemand, morts côte à côte et se tenant par la main.

Apitoyés et touchés ils ne les séparèrent pas, creusèrent une fosse plus large et, avec les honneurs, ils les enterrèrent ensembles dans la même tombe.

11 Novembre 1918 :
Fin de l'horrible guerre !

Le Roi Fromage

La Fable du Roi Fromage 1ᵉʳ

« Moi quand je serai roi ! »

Avant son accession au trône, dans la grande salle du château où étaient réunis tous les Bardes de l'information, il avait promis bonheur et prospérité au Peuple du Pays des Bleus.

L'abreuvant de paroles fortes et surtout répétitives : « Moi, quand je serai Roi ! », stimulant et dynamisant les foules naïves qui buvaient goulûment ses promesses chimériques et lui promettaient leur soutien indéfectible.

Peuple crédule !

« Moi quand je serai Roi ! », avait-il martelé et répété de nombreuses fois, le peuple du Pays des Bleus ne connaitra plus le manque de travail, ni la faim, ni la précarité !

« Moi quand je serai Roi ! » avait-il promis, il y aura des emplois pour tous, personne ne sera mis à l'écart, et nos ainés, les séniors qui doivent se reposer et profiter de la vie après des décennies de dur labeur, recevront des pensions convenables le leur permettant.

« Moi quand je serai Roi ! » tambourinait-il toujours, j'allègerai les charges qui pèsent sur les ménages du Pays des Bleus. Ce sont les riches qui paieront à leur place ! Je vous en donne ma parole !

Il a tant fait couler le lait et le miel dans les oreilles de la population de son pays que celle-ci, qui attend toujours trop de ces monarques au cœur de pierre, était toujours prête à suivre celui qui leur jurait sur ses grands dieux, les entrainer sur des chemins joyeux, bordés de fruits délicieux et de champs de fleurs aux doux parfums enivrant.

Sournois, il leur avait laissé espérer une parfaite paix nationale engendrant calme et sécurité !

Son seul combat, disait-il, est celui qu'il comptait mener contre la haute finance et les boutiques des usuriers et préteurs en tout genre, qu'il comptait bien mettre au pas et leur faire rendre gorge si cela était nécessaire ?

« Moi quand je serai roi ! » avait-il encore déclaré haut et fort, il n'y aura pas la moindre « magouille », ni fraude ! Pas de brigands qui partent cacher le butin de leurs rapines dans les montagnes helvétiques. Surtout pas !

Mon Premier Vizir formera un gouvernement de ministres parfaitement honnêtes et dignes de confiance.

Et il devint Roi !

Fromage 1er Roi du Pays des Bleus !

Dans les premiers temps de son règne, pourpoint en biais et lavallière en bataille, il répudia sa concubine qui ne tardera pas à se venger dans des écrits bien peu élogieux pour sa Majesté.

Pris dans le tourbillon de la crise, à laquelle il ne semblait pas croire du temps de son successeur, il ne put tenir aucune de ses promesses, et le Pays des Bleus sombra dans la tristesse, le dénuement et encore plus grave, malgré ses dires, la Nation tomba en récession.

Les jeunes voyaient les portes de l'avenir se fermer les unes après les autres, bien que l'argent public soit dépensé dans des mises en œuvre aussi inutiles que rocambolesques et qui n'ont produit aucune embellie.

Les commerçants, les paysans et les artisans, colonne vertébrale du pays, mettaient la clé sous la porte à une cadence infernale.

Les anciens, qui se croyaient à l'abri derrière leurs petites pensions de retraite, furent eux aussi mis à contribution car, ce que n'avaient pas osé faire les rois précédents, lui il l'a fait !

Et quand les hordes barbares commencèrent à répandre la terreur dans la capitale du Pays des Bleus, il envoya de nombreux et preux Paladins combattre les sauvages coupeurs de têtes dans le sable des déserts.

Ce qui n'empêcha pas ces monstres criminels de revenir et d'anéantir toute une jeunesse qui se croyait protégée et ne désirait que passer une bonne soirée.

Et c'est à ce moment-là, bien trop tard, qu'il enverra les Chevaliers du Ciel déchainer le feu des bombes sur les troupes maudites là-bas dans les plaines antiques de l'Orient.

Il était Roi absolu et ne supportait pas la critique et encore moins les initiatives de son entourage. Pourtant, à aucun moment, il ne prenait les bonnes décisions qui auraient mis le pays sur les rails du succès pour enfin sortir son peuple du tunnel dans lequel il ne cessait de l'enfoncer.

Ses ministres eux-mêmes, s'égarèrent dans des guerres stériles aussi inutiles que néfastes au pays, chacun d'eux, imbus de sa personne, voulant laisser son nom dans une réforme quelconque. Fût-elle la plus absurde ou la plus aberrante que l'on puisse imaginer... Ou cauchemarder !

Profitant même de la tristesse du peuple pour les évènements qui avaient endeuillé le pays quelques temps plus tôt, ils avaient essayé de faire admettre une nouvelle loi pour faciliter l'accès au monde du travail pour ceux qui en étaient privés jusque-là.

Mais autour d'une bonne idée au départ, ils avaient greffé tant d'absurdités et d'inutilités, que le peuple descendit dans la rue et sur les places pour une révolution qui ne voulait pas dire son nom et où l'on vit des groupes de mercenaires du pillage et de la razzia et qui s'en prirent violements aux Archers du Roi que le peuple avait adulé quelques temps plus tôt quand les mêmes hommes d'armes les avaient protégés des barbares.

Souvent femme varie, mais les populations sont encore plus inconstantes.

Tout ceci n'amena jamais Fromage 1^(er) à se remettre en cause. Toujours sûr de lui et affirmant à tous les vents que tout allait bien !

Même son Grand Vizir, qui se voulait fier comme un hidalgo espagnol, mais entièrement soumis à son seigneur, n'a pas jugé utile de remettre cent fois son ouvrage sur son métier, et s'est contenté d'imposer un nombre maléfique pour prendre l'ascendant sur les représentants, peu représentatif, des diverses régions malmenées du pays, et leur imposer cette loi par la force.

Alors ?

Les gens du Pays des Bleus qui ont soutenu Fromage lors de son couronnement ont-ils compris enfin la leçon ?

Rien n'est moins sûr !

Pourront-ils enfin choisir un nouveau roi uniquement pour ses compétences et non plus pour la couleur de son écu.

Qui vivra verra !

À l'attention des petits malins :

Ce texte étant le fruit de mon imagination, le Pays des Bleus ainsi que le roi Fromage 1er sont une pure invention.

Alors, comme le dit la formule : Toute ressemblance avec des personnages existant ou ayant existés ne serait que pure coïncidence !

Les fables sont là pour distraire ceux qui les lisent.

Il est donc inutile de me faire des procès, cela ne servirait qu'à accroître ma notoriété !

Le pendu de la Cité

Péniblement, il ouvre les yeux.

La tête lui fait mal, son front est orné d'une énorme bosse et d'une coupure par laquelle perlent quelques gouttes de sang. Les battements de son cœur résonnent à ses tempes, amplifiant la douleur de son crâne.

De larges points noirs obscurcissent sa vision, et malgré qu'elles s'estompent peu à peu, il est perdu et ne reconnait pas ce lieu étrange et sinistre où il est en train de reprendre ses esprits.

Ses dents claquent sans qu'il puisse les maitriser. Il frissonne de froid.

L'humidité et le froid qui se dégagent des murs de pierres couverts de mousse et de salpêtre de ce sordide cachot, lui glacent les os, tant par son atmosphère glaciale que sinistre.

— Mon Dieu ! Mais… qu'est-ce que je fais là, dans cette cave ? S'interroge-t-il à haute voix.

Puis, examinant plus attentivement les lieux, à la faible clarté filtrant d'un minuscule soupirail en partie obstrué par des toiles d'araignées, il réalise qu'il n'est pas du tout dans une cave, mais dans un cul-de-basse-fosse !

Une grille de gros barreaux de fer sépare l'espace confiné d'un couloir aussi sinistre. Tout juste éclairé par la lueur rougeâtre et vacillante d'une mauvaise torche en fin de vie.

— Je… Je suis en prison ! Réalise-t-il d'une voix chevrotante.

Se redressant d'un coup, il se relève et s'assied sur le bat-flanc où croupissent des générations de cancrelats et de moisissures de toutes sortes.

Atterré et complètement mort de peur, il regarde autour de lui. Ses cheveux se dressent sur sa tête quand il se rend vraiment compte de l'état de son cachot.

Les murs ruissellent d'eau suintant au milieu des mousses qui prolifèrent. Le sol couvert de paille noircie par la pourriture regorge d'eau boueuse, mêlée à l'argile de la terre battue et qui gicle bruyamment à chaque pas.

— Mais qu'est-ce qui se passe ? Qu'est-ce qui m'arrive ?

Des pas saccadés sonnent dans l'escalier en colimaçon qui termine le couloir, des pas heurtés, un son sourd auquel succède un bruit sec : toc-tac, toc-tac, toc-tac !

Arrivé en bas des degrés, apparait un homme au faciès repoussant et à la longue tignasse hirsute, planté sur des jambes courtes et fortement arquées et dont la droite se termine par un pilon de bois.

Un soldat ne tarde pas à rejoindre l'autre affreux. En côte de maille sur laquelle est passée une chasuble à la couleur pourpre délavée et aux nombreux accrocs, il tient une pique en main.

Le cerbère crasseux enfonce l'une des clefs de son trousseau dans la serrure et fait claquer le pêne pour ouvrir la porte. Puis il entre, et saisissant le prisonnier par le bras, il l'entraine vers le couloir :

— Allez, l'homme, suis-nous !

Réticent, le détenu essaie de se retenir à la grille, mais l'autre le tire vers l'escalier, aidé par le piquier.

— Laissez-moi ! Où m'emmenez-vous ?
— Où veux-tu que l'on t'emmène ? Te faire pendre, pardi ! C'est l'heure !

— Mais l'heure de quoi ? Je ne sais pas pourquoi je suis ici. Je ne me souviens de rien… Laissez-moi !
— Moi, j'en sais rien pourquoi tu es là ! Et puis d'ailleurs je m'en fou ! On m'a ordonné de te conduire au bourreau et c'est ce que je fais ! Après, c'est lui qui va s'occuper de toi ! Et ce sera rapide ! Ah, ah, ah !

L'affreux geôlier s'étouffe en riant, plié en deux, bavant, crachant et toussant. Le soldat se met de la partie et, s'appuyant sur le manche de sa pique, il part à son tour dans un rire égrillard découvrant une bouche édentée où survivent quelques chicots d'une noirceur charbonneuse. Lâchant sa lance de la main gauche, il se tient les côtes. À croire que l'humour de ces hommes frustre est plutôt morbide. L'exécution d'un homme provoquant leur hilarité.

Le prisonnier est complètement effaré. Cette situation insensée et dramatique le plonge dans un désarroi complet car il ne comprend absolument rien à ce qui se passe et la finalité l'épouvante.

Tout lui est étranger et incohérent.

Ce cachot infâme, froid, humide et puant et surtout ces deux personnages semblant tout droit sortis d'un conte maléfique. Des êtres aussi patibulaires que repoussant de crasse et d'ignominie.

Quand il s'est réveillé dans cet endroit qui glace les sangs, quelques instants plus tôt, c'est comme s'il avait directement atterri en enfer. Un enfer froid et humide dans un monde inconnu, perdu dans une autre époque, égaré dans le temps et l'Histoire.

Et tout cela l'effrayait au plus haut point, mais le pire à venir est sa mort par pendaison.

On allait le pendre !

Mais enfin, que s'était-il passé dans cet univers barbare pour qu'il ait mérité une telle punition ? Avait-il commis un crime quelconque ? Il n'en avait vraiment aucun souvenir.

Les deux hommes doivent l'extraire de force de la cellule. Comme pour retarder l'échéance ultime, il s'accroche de toutes ses forces aux barreaux d'acier. Mais le soudard, excédé par cette inutile résistance, lui fait lâcher prise à grand coups du manche de sa pique sur les mains et la poitrine.

Roué de coups, il se laisse trainer dans le couloir où le gardien lui passe la corde à l'énorme nœud coulant autour du cou qu'il serre sans l'étrangler, cela c'est pour plus tard, et il l'entraine, en le tirant par le brin libre dans l'escalier.

Dès les premières marches et malgré la douleur lancinante des dernières brutalités, l'homme monte en feignant de grandes difficultés et en s'agrippant aux pierres saillantes du mur couvert de salpêtre. Mais l'affreux geôlier le tire sans ménagement par la corde qui se resserre autour de son cou, lui rendant la respiration de plus en plus difficile. Et derrière lui, le soldat le pousse en lui piquant les reins de sa lance, avec un rire sardonique indiquant le plaisir sadique qu'il prend à martyriser le prisonnier.

Quand après les efforts des uns pour monter et de l'autre pour résister, ils arrivent en haut des escaliers et débouchent dans une grande salle où les attendent une dizaine de personne.

Le gardien, tirant d'un coup sec sur la corde, fait tomber l'homme à genoux devant un personnage au physique imposant et au visage rubicond, revêtu de vêtements cléricaux de soie rouge lui donnant l'air encore plus important.

Sur sa tête, une riche tiare d'évêque signale sa haute et confortable position au sein de l'église chrétienne.

Croisant ses doigts boudinés couverts de bagues énormes, il s'adresse au prisonnier avec une voix grandiloquente et majestueuse :

- Arnaud de Montferrand, tu as été reconnu coupable du délit d'hérésie et de prosélytisme pour une religion dévoyée et exclue par le Pape de Rome. Pour ces faits, le tribunal de l'Inquisition te condamne à la pendaison jusqu'à ce que mort s'ensuive, puis ton corps sera jeté sur un bûcher pour être réduit en cendre et dispersées aux quatre vents. La sentence est immédiate ! Amenez-le au bourreau !

— Pitié Monseigneur ! Pitié ! Je… Je ne comprends pas ce qui se passe ! Je n'ai rien fait, je vous le jure ! Je suis innocent !

L'homme se raccroche désespérément aux plis de la robe de l'ecclésiastique. Alors, le piquier qui ne l'a pas quitté d'une semelle, lui assène un violent coup du bois de la lance sur les poignets.

La douleur le fait hurler et il se roule sur les dalles du sol.

Deux autres soldats viennent prêter main forte au premier et relèvent de force le prisonnier qui se débat pour rester à terre.

Fermement, ils le saisissent par les bras et le conduisent vers l'extérieur. Quand ils franchissent la porte et que l'homme aperçoit la potence au milieu de la cour, il se met à hurler et est pris de violentes convulsions.

Les soldats le conduisent de force au pied du gibet et lui font gravir plusieurs marches de l'échelle dont s'est servi l'assistant du bourreau qui est en train de nouer la corde du prisonnier au bout de la potence.

Le bourreau fait tourner le prisonnier pour qu'il soit de face à l'assistance venue nombreuse pour assister à son supplice, l'évêque, les corbeaux noirs de l'Inquisition et toute une nuée de manants venus pour se « distraire ».

Sur le côté du gibet, un bûcher de fagots a été élevé pour brûler les restes du condamné.

Le bourreau retient l'homme par la taille pour que ses tremblements ne le fassent glisser de l'échelle et gâche le spectacle.

Le colosse à la cagoule noire lui fait grimper quelques barreaux de plus, puis d'un geste brusque, il le bascule dans le vide.

L'homme tombe en avant en hurlant.

La corde se tend.

– Monsieur ! Monsieur ! Ouvrez les yeux ! Regardez-moi ! Réveillez-vous !

Péniblement, l'homme ouvre les yeux.

– Je suis mort !
– Non Monsieur, vous êtes vivant ! Vous vous êtes cogné la tête contre un linteau de porte en visitant la Cité de Carcassonne et vous avez perdu connaissance. Nous sommes le SAMU de l'Aude. Tout va bien, vous allez vous en tirer avec une belle bosse et quelques ecchymoses.

L'homme regarde celui qui lui parle, et voyant l'uniforme du service d'urgence, il referme les yeux, et avec un léger sourire :

– Mon Dieu, jeune homme, si vous saviez d'où je viens !

La vengeance d'un mort

— Bon sang, c'est vrai que ce paysage est magnifique ! C'est un endroit vraiment très beau !

Julie, les poings enfoncés dans les poches de son jeans, contemple, émerveillée, un extraordinaire coucher de soleil entre les pics des Pyrénées, pointus comme des crocs.

Elle reste là, pensive, jambes écartées, observant le disque rouge descendre derrière la cascade ombreuse des massifs acérés qui barrent l'horizon de l'Occident.

Baissant la tête, éblouie par les derniers rayons lumineux, elle soupire longuement en jetant un dernier coup d'œil sur la bergerie en piteux état qu'elle a découverte moins d'une heure auparavant.

Elle remonte à bord de son 4x4, et nerveusement le lance dans le chemin, faisant gicler les graviers sous les grosses roues. Elle retourne au village où elle a retenu une chambre dans le seul hôtel à vingt kilomètres à la ronde.

La brave dame qui tient la petite auberge n'avait fait la connaissance de la jeune fille que le matin même, mais elle l'avait accueillie chaleureusement, presque comme quelqu'un qui revient au pays après avoir couru le monde pendant des années. Il faut dire aussi que les clients étant peu nombreux, chacun était une bénédiction pour la vieille femme et, quand comme Julie, ils annonçaient leur intention de rester plusieurs jours, alors là, c'était un ravissement.

Des clients dans l'hôtel, c'était un peu moins de solitude et surtout, un peu moins de difficultés à boucler ses fins de mois.

Pendant le copieux repas que son hôtesse lui sert, avec mille attentions, Julie ne se montre guère loquace et éludes la plupart des questions de la brave femme. Laissant tout simplement entendre qu'elle travaille à la télévision, ce qui n'est pas vraiment faux, et qu'elle recherche des paysages typiques de la région pour l'enregistrement d'une future émission.

La fin du repas n'apporte pas plus de détails, et c'est sur un charmant sourire et quelques gentilles banalités, qu'elle se dirige vers l'escalier pour monter à sa chambre. Elle ne tenait surtout pas à faire savoir qui elle était, et encore moins à dévoiler ce qu'elle était venue faire réellement.

Quelques mois plus tôt, dans l'hiver, elle avait reçu une missive d'un notaire de Foix dans l'Ariège qui lui demandait expressément de prendre contact avec lui.

Curieuse de ce qu'avait à lui dire le tabellion, elle l'avait appelé dès le lendemain matin pour avoir des éclaircissements. Malheureusement, ne pouvant contrôler son identité par téléphone, il se contenta de lui parler d'une recherche qu'avaient fait ses clercs à propos de la succession d'un lointain parent, un certain Julien Combes.

Discret, il ne lui en dit pas plus et lui demanda plutôt de venir lui rendre visite, si cela lui était possible dans les prochains jours.

Parisienne dans l'âme, elle ne connaissait que très peu de la province, hormis les endroits où « ça bougeait » ! La Côte d'Azur avait souvent l'occasion de l'accueillir ainsi que les capitales des régions françaises quand celles-ci organisaient de grandes manifestations.

Mais l'Ariège… Elle avait dû faire un effort pour visualiser, à peu près, dans quel coin se situait ce département. Pensez-donc, c'était presque à l'étranger, à la frontière espagnole... et un département agricole ! Qu'avait-elle à voir, elle, Julie Tersac, héritière d'un empire de l'audio-visuel, dont la célèbre chaine d'information « France Info Vérité » et de diverses entreprises plus ou moins reliées à Internet, avec la ruralité d'une telle région ?

Néanmoins, avant de répondre à l'invitation, un peu forcée tout de même du notaire, elle avait dépêché Romain Serval, un jeune journaliste enquêteur du bureau FIV de Toulouse, pour recueillir quelques renseignements sur la succession de ce parent inconnu.

Julien avait toujours vécu dans cette vallée pyrénéenne, aux pieds de ces montagnes majestueuses, où il faisait si chaud l'été, mais dont les hivers pouvaient avoir la rigueur des terres scandinaves.

Maintenant veuf depuis quelques années, il continuait de s'occuper de son troupeau de chèvres, qu'il guidait chaque jour dans l'une des parcelles qu'ils avaient acquis avec son épouse au cours de leur longue vie commune.

La terre était si riche et l'herbe qui y poussait si riche que le lait recueilli était d'une telle valeur nutritive que les fromages qui sortaient de leur petite fromagerie artisanale se vendaient vraiment très bien. L'argent que leur avaient rapporté les ventes de leur production à base de lait de chèvre, leur avait permis d'acheter ces grandes parcelles tout au long de ce petit torrent de montagne qui même pendant les étés les plus secs, continuait son frais clapotis sans diminuer son débit. Un vrai cadeau de la nature.

Martine, son épouse, l'avait épaulé et secondé sans jamais faillir tout au long de ce temps passé ensembles, sans jamais prendre le moindre repos. Pas de vacances quand on élève des bêtes.

La vie qui n'avait pas toujours été facile et qui peut être impitoyable quelques fois, ne leur avait pas permis d'avoir des enfants, et tout l'amour, celui qu'ils ne savaient pas se témoigner, par pudeur ou par peur de s'avouer des sentiments qu'ils ne comprenaient pas, ils l'avaient reporté sur leurs bêtes.

Avec passion, sensible et discrète mais très sûre d'elle et engagée totalement dans leur entreprise d'élevage et de fabrication de produits laitiers, elle l'avait fidèlement accompagné tout au long du chemin de leur vie sans jamais lui lâcher la main.

Mais un jour, la fatigue l'avait surprise dans son laboratoire dernier cri, au milieu des faisselles et des clayettes de fromages, de chabichou et yaourt de toutes sortes. Elle avait perdu connaissance au pied du grand chaudron en inox, mais elle n'en avait jamais parlé à Julien pour ne pas l'inquiéter.

Courageusement, à la façon des femmes de la terre, elle avait continué de suivre le dur chemin au côté de son mari, bien qu'elle ait de plus en plus de mal à garder sa main dans la sienne.

Et un jour où la fatigue était trop forte, ses doigts se sont ouverts, sa main est retombée et elle s'est arrêté sur le bord de ce qui n'était plus qu'un sentier, et elle l'a regardé s'éloigner, les épaules voutées, désormais seul.

Alors, sans l'autre moitié de son âme, perdu au milieu de choses communes désormais devenus personnelles, Julien avait perdu sa faconde et il avait sombré dans la mélancolie.

Maussade, il se rendait compte qu'il avait perdu bien plus qu'une compagne. La vie lui avait arraché ce qui lui était le plus cher au monde. L'argent n'avait jamais eu une véritable importance pour lui, c'est pour cela que, détestant empiler ses revenus dans une banque, il l'avait chaque fois investi dans quelque chose qui comptait beaucoup plus pour lui : la terre !

Maintenant, quand il était au milieu de ses chèvres, la pluie le mouillait et le froid le faisait frissonner. Il n'entendait plus le chant du vent dans les grands arbres, ni les parades amoureuses des oiseaux annonçant la proche arrivée de l'été.

Perdu dans ses idées maussades, il était devenu ombrageux et bourru.

Ses amis et les habitants du village et des environs, qui l'avaient accompagné dans son deuil, lui pardonnaient volontiers ses brusqueries et ses coups de gueule, ayant tous apprécié pendant toutes ces années la gentillesse et le dévouement de Martine.

Mais le temps était passé sans soulager la mémoire de Julien, et loin de se tempérer, son caractère s'était aigri. Et peu à peu, ses amis et les autres s'étaient abstenus de le fréquenter, ne supportant plus les crises de désespoir profond qui succédaient à ses colères impromptues à propos de choses anodines qui l'auraient faire rire… avant.

Pour autant, personne au village n'avait cessé de lui donner un coup de main pour les fenaisons, la mise en balle du foin et le stockage dans la grange. Et surtout, ils avaient tous à cœur de continuer d'acheter ses fromages à l'épicerie du village, de même que les supermarchés des alentours, clients de Martine, vendaient toujours ses productions.

Mais avec les années son dynamisme s'était émoussé. Ses forces et sa volonté n'avaient plus le soutient de Martine, alors il avait laissé son troupeau diminuer au fur et à mesure que les bêtes vieillissantes étaient vendues au boucher. Le vieux bouc restait cloîtré dans sa stalle et ne fécondait plus les chèvres qui d'ailleurs ne donnaient plus de lait. Tout était en partie à l'abandon.

Maintenant, les terres lui paraissaient bien trop grandes, mais il n'avait jamais pu se résoudre à en vendre la moindre partie, car pour lui, l'esprit de Martine errait dans le moindre recoin des parcelles.

Julien ne se connaissait aucune famille. À part une vieille tante décédée depuis des lustres, ses parents, réfugiés espagnols de la guerre civile en 36 alors qu'il avait sept ans, avaient coupés toutes relations avec ceux restés dans l'Espagne de Franco.

Martine, quant à elle, était une enfant de l'assistance, née sous X et qui n'avait jamais cherché à retrouver sa famille biologique, et n'avait eu, pendant son enfance, que des ersatz de parents qui s'étaient succédés sans lui offrir la moindre once d'amour ou d'attention.

À sa mort, la ferme et les terres allaient revenir à l'État et cela, il ne le voulait pas.

Martine avait pendant des années, été bénévole pour une association qui distribue des repas aux nécessiteux, et il voulait que ses biens reviennent à cet organisme généreux. Ces gens sauraient en tirer parti. Les bâtiments pourraient abriter beaucoup de sans abri et leur procurer du travail avec la bergerie et le laboratoire.

Mais il tenait tout de même à ce que des recherches soient faites pour le cas, peu probable, où il existerait le moindre lien de parenté avec un membre oublié de sa famille. Il avait donc fait un testament dans ce sens auprès d'un notaire de Foix, la Préfecture de l'Ariège.

Pendant les années qui suivirent, la bergerie se vida totalement des chèvres, du bouc et des chiens qui eux, animaux fidèles, moururent de vieillesse à ses côtés et les parcelles abandonnées se couvrirent d'herbes folles et de buissons épineux. Cela ne préoccupait pas Julien, car la terre, même en jachère, ne perd pas de sa valeur.

Les saisons qui se succédaient n'avaient plus d'importance pour lui. La neige de l'hiver et l'été avec ses jours de fortes chaleurs, n'avaient plus qu'une incidence vestimentaire.

Seules comptaient ses visites tous les dix Mai, au petit cimetière collé à la vieille église du village, pour fleurir la tombe de Martine le jour anniversaire de sa mort et le jour de la Toussaint où il garnissait l'étroite tombe de terre de fleurs de bruyères et de branchages rougis par l'Automne. Cela lui prenait de longues heures pendant lesquelles il ne cessait de lui parler, commençant toutes ses phrases par : « Tu te souviens… », comme pour se rassurer que sa propre mémoire était toujours intacte et cela lui faisait beaucoup de bien.

En remontant vers la ferme, il fredonnait des bribes de chansons d'Alain Barrière, le chanteur préféré de

Martine qui avait fabriqué tous ses fromages et ses yaourts en écoutant les mélodies du chanteur breton, débitées en permanence par les cassettes de son magnétophone.

Mais un jour, est arrivé une lettre du Trésor Public.

Julien l'avait lu et relu sans vraiment comprendre de quoi il retournait. Apparemment il était question de ses terres, et des chiffres s'alignaient sans qu'il réalise ce que cela représentait, vu que des sommes aussi importantes en Euro, il n'en avait jamais vu, à part dans les journaux quand il s'agit de salaires de footballeurs ou de patrons de grandes entreprises.

Sans savoir de quoi il pouvait bien s'agir, il avait rangé la lettre sur l'étagère du vieux buffet et comme nous le faisons souvent, elle est tombée dans le plus profond oubli.

Mais l'administration étant plus prompte à réclamer son dû (?) plutôt qu'à dispenser la manne des impôts au public, c'est le facteur qui, quelques temps plus tard, vient jusqu'à 'à la bergerie pour lui amener une lettre recommandée cette fois.

— Qu'es acco, encaouré[2] ?
— C'est les impôts, Julien !

---

[2] Qu'est-ce que c'est, encore ? Occitan.

– Mais putanier, je les ai déjà payés mes impôts !

– Eh ! Je sais pas, moi ! Tu le liras sur la lettre, pardi ! Allez, moi j'y vais, j'ai pas fini ma tournée. Adieu Julien !

– Adios, Marcel !

Alors la lettre, sans même être ouverte, vint tenir compagnie à la précédente sur le buffet et tomba, elle aussi, dans le même oubli.

Et c'est ainsi qu'une troisième missive, suivie quelques temps plus tard d'une quatrième, vinrent se joindre aux deux premières sans pour autant alerter Julien, ou pour le moins, l'inciter à demander conseil.

Bien sûr, du vivant de Martine, c'est elle qui s'occupait de la « paperasse », les factures, la banque, elle faisait tout. Julien, lui, prenait tout le reste en charge sans compter ses heures ni sa fatigue, mais il s'enfuyait aussitôt qu'il voyait quelques lignes d'écriture et des chiffres. Il savait tout juste lire et écrire, mais tant que Martine avait été là, cela n'avait jamais été un problème.

Et sans plus se soucier de cette correspondance administrative, le brave homme continua de passer le temps en soignant les quelques chèvres, nées des dernières mises bas, et qu'il avait gardées pour occuper le vide de ses journées en solitaire. Il ne les conduisait plus sur les parcelles éloignées et se contentait de les faire paitre autour de la ferme, assis sur un vieux fauteuil que Martine avait acheté dans un vide grenier pour lui permettre de regarder la télévision plus à l'aise que sur une chaise.

Quelques semaines plus tard, alors qu'il nettoie la litière de la bergerie, le crissement de pneus sur le gravier du chemin et un coup de frein devant la ferme lui font dresser la tête.

Un homme, la quarantaine, en costume clair, une serviette de cuir à la main, s'extirpe de la belle sportive et se dirige vers la ferme où il se met à tambouriner avec son poing fermé contre la porte vitrée qui se met à vibrer sous les coups.

Sans quitter la fourche qu'il tient en main, Julien se précipite à l'extérieur de la bergerie pour voir ce qu'il se passe, puis à pas pressés, il se dirige vers l'intrus :

- Et qui c'est ce couillon qui me défonce la porte, macarel !

De ses vieilles jambes, fourche en avant il se dirige vers l'homme qui continu de frapper du poing sur la porte.

- Eh ! C'est pas fini de taper ! Crie-t-il.

Alerté, l'autre se recule du chambranle et fait quelques pas dans sa direction pour aller à sa rencontre.

- Monsieur Combes ? Julien Combes ?
- Qu'est-ce que vous me voulez ?

— Je suis Maitre Bourret, huissier de justice ! Je suis mandaté par le Trésor Public, et je viens vous remettre un commandement à payer concernant des sommes dues au titre de l'Impot sur la fortune que vous n'avez pas réglé. Vous avez un mois pour vous acquitter de cette somme. Passé ce délai et après inventaire de vos biens, je procèderais à leur vente aux enchères publiques.
— L'impot de la fortune ? Quelle fortune ? Tu vois de la fortune ici, espèce de connard ? Tu vas me foutre le camp de là et de suite ! Sinon je t'embroche comme un sale rat que tu es !

Rouge de colère et postillonnant, il menace l'homme en agitant les pointes de la fourche devant ses yeux exorbités de peur.

Affolé par la fureur du berger, l'huissier laisse tomber les feuilles qui glissent au sol, puis tournant précipitamment les talons, il remonte dans sa voiture, fait un demi-tour saccadé et se lance à toute vitesse sur le chemin en faisant voler les graviers.

Son courroux calmé, Julien est tout de même intrigué par cette visite bien qu'il n'en comprenne pas la raison. Alors, se munissant des feuillets de l'huissier, après lesquels il avait couru devant la ferme, ainsi que des lettres qui dormaient dans la cuisine et descend au village pour se rendre à la mairie.

Le Maire étant absent, c'est la secrétaire, une ancienne amie de Martine, qui accepte de regarder les avis du Trésor Public et la mise en demeure de l'homme de loi pour voir de quoi il s'agit et essayer de conseiller Julien.

Ce qu'elle lit la sidère.

Tout ce « charabia » bureaucratique, et surtout les conclusions et les sommes qui s'y rapportent lui paraissent si aberrants qu'elle lui conseille d'aller demander des éclaircissements à la permanence des impôts de la ville et même de la préfecture.

Impressionnée par l'énormité des choses, elle lui conseille surtout de se faire accompagner par quelqu'un. Et elle lui propose même, en souvenir de son amie, d'aller avec lui pour lui faire profiter de ses connaissances comptables et l'aider dans ses démarches.

Mais quelques jours plus tard, en sortant du bâtiment des impôts, leurs visages sont déconfits. Julien n'a pas vraiment compris ce qui se passe et ne réalise pas l'énormité du problème.

Assis dans le fond d'un bar, devant un café, la secrétaire de mairie essaie avec mille précautions et des mots simple de lui faire appréhender la gravité de la situation.

Et la situation est plus que grave.

Dans les années fastes, encouragé par les bons résultats des ventes des produits laitiers que Martine avait diversifiés et avait su, en bonne commerciale, diffuser leur production dans un grand nombre de grandes surfaces, Julien, manquant de confiance envers les banques, avait investi dans des parcelles de terres de plus en plus grandes.

Et cela avait duré jusqu'à la mort de Martine.

À ce moment-là, le couple possédait près de cent hectares de prairies et de bois de chênes verts, dont une partie est traversée par un torrent au débit régulier.

Mais les états, insensibles à la petite vie de leurs peuples, inventent toujours plus d'impôts pour pouvoir dépenser à leur guise l'argent durement gagné par la foule des travailleurs de tous bord.

Ainsi, le nouvel impot de « solidarité » sur la fortune, venait-il de créer une nouvelle « race » de riches, les millionnaires virtuels ! Comme dans un jeu vidéo, sauf que les parties ne sont pas gratuites !

Comme Monsieur Jourdain faisant de la prose sans le savoir, Julien était devenu capitaliste sans le savoir.

Mais ses grandes terres, aujourd'hui inutiles pour les quelques chèvres qu'il lui restait, ne lui rapportaient rien et il ne vivait que d'une petite retraite. Il était dans l'impossibilité de payer l'énorme somme que lui réclamait le fisc.

Dans ce cas, il s'est contenté de laisser passer le temps, sans rien faire. D'ailleurs, il n'avait aucune idée de ce qu'il pouvait bien faire, alors, fataliste, il attendait la suite des évènements.

Et celle-ci se présenta sous la forme de l'huissier, revenu le harceler à plusieurs reprises tel un chacal après la proie qu'il convoite.

Comme à chaque fois Julien le recevais fusil en main, et la dernière fois, il avait même fait feu, en l'air certes, mais le peu courageux homme de loi en était reparti tout tremblant dans un nuage de poussière tout au long du chemin.

Alors, c'est accompagné d'une voiture de la Gendarmerie qu'il revient pour procéder à la saisie des biens du pauvre berger. Et c'est avec un sourire sardonique, protégé par les uniformes, qu'il fit la liste des pauvres affaires du couple, minimisant au possible la valeur des choses et provoquant les larmes de Julien, dépité et honteux de voir ainsi tous ces objets qui lui rappelaient Martine, réduits avec cynisme à quelques cents.

Le comble fut atteint pour l'inventaire de la fromagerie, où l'huissier se montra si odieux devant Julien en pleurs que l'officier de Gendarmerie se doit d'intervenir et de ramener l'ignoble personnage à plus de respect.

Profitant d'un moment où les militaires sont à l'écart, il glisse quelques mots à l'oreille de Julien, lui affirmant qu'il avait peut-être une idée pour le tirer d'affaire, et qu'il reviendrait seul si Julien lui promettait de ne pas l'accueillir à coups de fusil.

Effectivement, quelques jours plus tard, il est de retour et, avec de grands gestes, explique à Julien en quoi consiste sa possible solution au crucial problème. Sans toutefois s'étendre sur les détails, il développe une théorie dans laquelle il se pose en véritable sauveur du pauvre berger.

Pendant ce long entretien, Julien passe par plusieurs phases. Tantôt calme, il écoute ce que lui dit l'huissier, puis tout à coup, il s'énerve, se met en colère et cogne contre les murs ou jette des chaises à terre, puis, tremblant, le doigt tendu vers son interlocuteur :

- Qu'est-ce que c'est que ces conneries ? Vous essayez de m'arnaquer ! Je comprends rien à vos magouilles !

L'huissier le laisse se calmer avant de lui servir un verre de la bouteille de Cognac qu'il a amené pour l'amadouer. Julien porte le verre à ses lèvres, mais il tremble beaucoup et en renverse une partie.

Aussitôt, l'autre lui en remet une rasade, puis il reprend ses explications, ressassant toujours les mêmes arguments, les martelant pour les imprimer dans la tête du vieil homme, complètement perdu dans ses pensées simples et embrumées par les vapeurs d'alcool.

Après cette fois-là, l'huissier est revenu voir Julien à plusieurs reprises, amenant chaque fois une bouteille de Cognac, mais aussi de nombreux papiers qu'il lui fait signer dans de grands éclats de rire.

Et puis, il n'est plus venu !

L'épicier du village savait que Julien n'avait plus que quelques chèvres, mais s'il voulait bien s'en donner la peine et reconstituer un peu son troupeau, il pouvait certainement avoir une petite production de fromages. Aussi, comme il n'avait pas vu le berger depuis au moins deux semaines, il s'était décidé à monter le voir à la ferme.

Personne n'avait répondu quand il avait frappé à la porte de l'habitation, alors il s'était dirigé vers la bergerie.

Une forte odeur de pourriture lui fait froncer les narines et empuanti l'air au fur et à mesure qu'il approche du grand bâtiment.

En s'approchant de la porte, les effluves puantes le prennent à la gorge et quand il pousse le lourd battant, le souffle pestilentiel de l'enfer lui coupe la respiration et il se plie en deux pour vomir.

Julien s'est pendu à une poutre après avoir égorgé toutes ses chèvres, une semaine plus tôt !

Après une enquête discrète mais efficace auprès des amis de Julien, des habitants du village et avoir consulté les registres du cadastre et les archives de tous les médias locaux et régionaux, Romain avait fait la synthèse de ses recherches à Julie, et lui avait raconté les dernières années et la fin de Julien.

La mort violente de son supposé parent l'avait surprise et même choquée au point qu'elle avait décidé de tirer toute cette histoire au clair. Puisque le notaire avait confirmé le lien qui les unissait, à travers le temps et l'espace, elle se sentait concernée par ce dénouement dramatique et tenait absolument à en savoir davantage sur cette fin tragique. On ne décide pas de se suicider sans une raison grave et impérieuse.

Le récit que lui avait fait le jeune journaliste sur la vie du couple ariégeois l'avait émue et elle sentait vibrer en elle un ardent désir d'en savoir plus et de se rapprocher davantage de ces existences qu'elle ignorait jusqu'à il y a peu.

Émue, elle avait relu les mails que lui avait adressé Romain tous les soirs de son enquête et notamment le récit qu'il avait recueilli auprès de l'épicier du village qui avait eu le triste privilège de découvrir le corps sans vie de Julien, et qu'il n'avait pu se résoudre à lui communiquer par téléphone.

Cette mort brutale avait intrigué le jeune homme car d'après tous ceux qui le connaissaient, Julien était un homme courageux et certainement pas du genre à se suicider. Il avait accepté la disparition de Martine, puis avait fait son deuil, et s'il attendait de la rejoindre dans une autre vie, il le faisait patiemment et sereinement, et en bon Chrétien, n'avait certainement pas pensé à abréger sa vie.

Mais pour Julie, la stupeur, et la colère avaient suivi l'émotion quand elle avait lu la suite des recherches.

Les impôts qui lui avaient réclamés près de trente mille Euro d'ISF, alors que sans troupeau et la vente de produits laitiers, ses revenus se limitaient à une misérable retraite de moins de six cent Euro par mois. Et ce ne sont pas les faméliques économies, placées sur un livret d'épargne aux intérêts aussi insignifiants qu'une pièce de cinq cent lancés dans le chapeau d'un SDF, qui auraient pu lui permettre de liquider sa dette envers l'État.

Ce qui était surprenant, c'est que quelques temps après les injonctions de l'huissier, apparemment les sommes dues avaient été réglées, en une seule fois et... en liquide !

Julien se serait donc suicidé sans dettes ? Étrange !

Mais le rapport d'enquête de Romain ne s'arrêtait pas là. Ses recherches au cadastre lui avaient apprise que si Julien possédait bien la ferme, ainsi que la bergerie et les terrains qui entouraient les bâtiments, toutes les parcelles de terre étaient en voie de devenir la propriété d'une société immobilière, « les Combes Juliennes », dont le siège est à Toulouse, et qui est elle-même constituée de sociétés aussi opaques que suspectes.

Dans l'avion qui l'emmène à Toulouse, Julie essaie en vain d'imaginer quel pouvait bien être le lien qui l'unissait à Julien... ou bien à Martine, pourquoi pas ?

Absolument rien ne lui parait vraisemblable, alors en désespoir de cause, elle se rabat sur son téléphone pour consulter ses messages et répondre aux plus urgents.

À Blagnac, Romain l'attend à la sortie du satellite. Il connaissait déjà le visage de sa patronne qui trônait dans le bureau du directeur de l'agence, mais de la voir en réalité et dans toute sa splendeur, mince et élégante et surtout très avenante, s'avançant vers lui, main tendue et sourire éclatant, le troublait bien plus qu'il n'aurait voulu le laisser paraitre. Elle fait comme si elle n'avait pas remarqué la voix tremblante :

— Bonjour Romain ! Moi aussi je suis heureuse de faire votre connaissance… réelle, et surtout je vous remercie pour le magnifique travail de recherche que vous avez fait ! Et j'espère que nous allons encore apprendre des choses importantes chez le notaire à Foix. Nous nous mettons en route ?
— Oui Madame ! C'est un plaisir de vous conduire !
— Appelez-moi Julie, et c'est moi qui vais conduire ! Allons-y !
— Euh ! Bien Mad… Julie ! J'ai déjà réglé le GPS. Il devrait nous conduire sans problèmes jusque devant l'étude du notaire.
— Ah ! Très bien ! Let's go !

Julie roule à vive allure sur l'autoroute jusqu'à Pamiers, puis sur la quatre voies jusqu'à l'entrée de Foix qu'ils atteignent assez rapidement.

Quand ils entrent dans la ville, et qu'elle découvre le panorama du château surplombant la cité fuxéenne du haut de sa colline, entouré comme dans un écrin par les sommets majestueux des Pyrénées.

— Cette ville est magnifique ! Dit-elle en se garant dans la cour intérieure d'une grande bâtisse.

C'est un hôtel particulier du XVIIème siècle qui abrite l'étude du notaire sur tout le ré de chaussée. Les étages supérieurs étant réservé, certainement à son domicile privé.

Une secrétaire les introduits dans un grand bureau meublé avec goût avec du mobilier ancien.

Maître Ferrand accueille les jeunes gens avec empressement et une amabilité sincère qui les met aussitôt à l'aise. C'est un sexagénaire à l'allure sportive et souple, avec un visage avenant encadré de longs cheveux argent qui coulent jusque sur ses épaules.

Pour éviter toute ambiguïté, Julie présente Romain en précisant son rôle d'enquêteur ces derniers temps. Le notaire est ravi de voir l'intérêt que porte Julie à son parent jusque-là inconnu et il les invite à s'assoir dans les fauteuils qui font face à son bureau pour satisfaire la curiosité de la jeune fille.

- Mademoiselle Tersac ! Eh bien, j'ai eu beaucoup de mal à vous retrouver ! Figurez-vous que j'étais à deux doigts d'abandonner ! Les origines qui vous sont communes, à vous et Monsieur Combes sont en Espagne, et plus précisément à Leida ou Lerida comme cela s'appelait avant. Mais la guerre civile de 1936 et le régime despotique de Franco jusqu'à sa mort en 1976, pendant lequel la Catalogne a beaucoup souffert de destructions d'archives, d'emprisonnement de beaucoup de Républicains et de persécutions de tous ordres, n'ont pas facilité les recherches. Enfin, j'ai pu établir que le grand-père de

Monsieur Combes était également votre arrière-grand-père. Vous êtes issus de la même lignée et donc à ce titre vous pouvez hériter des biens de Julien Combes.
- Effectivement, Maître, ma grand-mère nous parlait souvent que son père les avait fait sortir d'Espagne, mais elle ignorait totalement ce qu'il était advenu de lui ensuite. Elle n'a jamais eu de ses nouvelles !
- Il avait été fait prisonnier par les Nationalistes, mais il avait réussi à s'évader et quand il a réussi à passer en France, il n'a pas retrouvé sa famille, qui est la vôtre, et en a fondé une autre qui est celle de Julien Combes. Et comme la transmission s'est faite pas les femmes aucun de vous deux n'avez conservé le nom d'origine qui était Fuentès.

À l'évocation de ce qui avait été à l'origine de sa famille, Julie n'avait pu retenir une larme et l'apparition de cet oncle inconnu et qui arrivait dans sa vie après que lui-même l'eut perdu, l'affectait considérablement et la décida à en savoir le plus possible sur lui, et surtout ce qui l'avait poussé à ce geste de désespoir.

Le notaire lui expliqua dans le détail en quoi consistait le legs : la ferme, la bergerie, la fromagerie, les terrains alentour et tout une liste de meubles et d'objets hétéroclites qui avait participé à la vie du couple Combes, ainsi qu'une vieille 4L dont il se servait pour se déplacer et livrer ses fromages.

Puis il en vient aux parcelles, en se défaisant tout à coup de son naturel enjoué pour une moue de contrariété. Et il explique à Julie que ces terres, qui représentent presque cent hectares, et qu'il avait commencé à détailler dans l'héritage avant de s'apercevoir qu'une société immobilière semblait les détenir, et qu'il existait déjà un sous-seing privé avec la signature de Julien Combes et le gérant de cette société affirmait détenir l'acte de vente définitif et que les parcelles faisaient l'objet d'une demande de viabilisation.

Mais il avait gelé la vente en invoquant qu'aucun paiement n'était intervenu, et que seule, l'héritière et nouvelle propriétaire pouvait décider de vendre… ou pas !

En sortant de l'étude du notaire, Julie est bouleversée. Elle est maintenant persuadée que le suicide de son oncle est directement lié à cette pseudo vente des terres. Alors avec Romain, ils rentrent dans un restaurant pour déjeuner, mais surtout pour mettre sur pied une riposte implacable contre cette société qui essaie de mettre la main sur les parcelles. Elle va se rendre sur place sans se présenter comme l'héritière de Julien, mais comme quelqu'un d'intéressé par l'acquisitions de biens immobiliers. Pendant ce temps, Romain reparti à Toulouse, continuera son enquête et notamment sur les tenants et aboutissants de cette société suspecte et surtout sur ses dirigeants.

C'est un beau soleil, se glissant entre les volets juste rabattus, qui réveille Julie dans sa chambre. Après une douche rapide, elle enfile un jean et un tee-shirt avec une marque de soda sérigraphiée sur la poitrine et des baskets aux pieds. On ne fait pas plus anonyme !

En entrant dans la salle à manger de l'auberge, juste occupée par deux hommes en train de boire leur café, appuyés au comptoir et servis par la toujours aimable vieille dame qui profite de la présence des consommateurs pour les présenter à Julie, en espérant que celle-ci en fasse autant pour elle, et décline enfin sinon son identité, tout au moins la raison de son séjour.

Mais justement, après mûre réflexion pendant la nuit, Julie a décidé de démarrer les hostilités et donc d'aller à la pêche aux renseignements, et surtout de donner un bon coup de pied dans la fourmilière pour voir qui va réagir, et comment.

Alors, jouant le jeu, elle annonce à la vieille dame, et suffisamment fort pour que les hommes l'entendent, qu'elle compte quitter la capitale pour s'établir dans le coin, et monter une petite entreprise. Dans ses promenades, elle a repéré une ferme avec un grand bâtiment qui ferait bien l'affaire et elle aimerait bien avoir des renseignements sur les propriétaires.

La révélation de ses intentions de venir s'établir dans le coin avait fait sourire, mais quand elle a fait allusion à la ferme de Julien, un lourd silence gêné s'est instauré dans la salle.

C'est la vieille dame qui reprend la parole en s'adressant aux buveurs de café :

- C'est la ferme du Julien, non ?
- Mmmh ! Fait l'un des hommes en hochant la tête d'un air contrarié.
- Ben quoi, fait la tenancière, c'est bien la ferme de Julien qu'elle a vu, non ?
- Ouais ! Mais personne ne peut l'acheter ! Ils n'ont pas eu d'enfants, Julien et Martine et il faut savoir pourquoi il s'est suicidé avant !
- Et vous savez pourquoi il s'est suicidé, Monsieur ?

L'homme ne répond pas et plonge son nez dans sa tasse de café. Julie insiste :

- Moi aussi, si je dois acheter cette propriété, je préfèrerais savoir ce qui s'est passé, avant de conclure !
- Qu'est-ce que vous venez foutre ici ? S'exclame celui qui n'avait encore rien dit. Vous n'avez qu'à

repartir à Paris et nous foutre la paix. On vit très bien ici, sans vous ! Barrez-vous !
— Ah, ah, ah ! Julie éclate de rire. Vous verrez ! Quand vous me connaitrez mieux, vous ne pourrez plus vous passer de moi !
— Pour le moment, on s'en passe ! On a vécu sans vous jusqu'à maintenant, et ça peut continuer comme ça !
— Eeeh ! S'insurge l'aubergiste. Vous n'allez quand même pas me mettre les clients à la porte ?
— Ne vous tracassez pas, Madame ! On ne me chasse pas facilement ! Je reste ! Et je vais même rendre visite à cette ferme pour la voir plus en détail et prendre des photos. À ce soir !

Et elle s'en va sans avoir déjeuner. Tant pis, elle se rattrapera à midi.

Mais elle a un petit sourire en coin : « Et voilà ! Pense-t-elle, c'est parti ! »

Une marche arrière pour sortir du créneau, puis le 4x4 fonce sur la route en direction de la ferme.

Cela fait bientôt une semaine que Julie tourne autour de la ferme et de la bergerie, arpente les terres attenantes, et s'ouvre à qui veut l'entendre dans le village, qu'elle est très intéressée par la propriété et que son désir de l'acquérir est très fort. L'aubergiste, d'ailleurs, ne se prive pas d'abonder dans ce sens et répond avec volubilité à tous ceux qui viennent la prier de les mettre dans la confidence, et auquel elle répond avec suffisamment de malice pour grossir le mystère qui entoure sa jeune et jolie cliente.

Et le résultat ne se fait pas attendre. Un matin, une voiture semble la suivre sur la route qui monte vers la ferme et quand elle accélère pour essayer de la distancer, l'autre a tôt fait de la rattraper, et quand elle bifurque dans le chemin cailloux, le véhicule continu de la filer. Et sans plus se cacher, quand elle se gare devant l'habitation, la berline vient s'arrêter quelques mètres sur sa gauche.

Julie est sortie précipitamment de son 4x4, téléphone en main, et prend la voiture, les plaques d'immatriculation et le chauffeur quand il émerge du véhicule et se dirige vers elle.

L'homme s'approchant d'elle à grands pas, l'air menaçant, elle pose rapidement son IPhone sur le siège et se saisit de la cane de marche achetée quelques jours avant, et en menace l'intrus. Celui-ci s'arrête à quelques mètres de la jeune femme.

- Je ne vais pas vous agresser, Mademoiselle ! Je suis chargé par mes patrons de vous avertir que vous devriez vous intéresser à autre chose que cette propriété. Ce département ne manque pas de terres en vente, alors disparaissez d'ici !

— Vous osez me menacer ? Qui sont vos patrons ? Qu'ils viennent eux même me le dire, s'ils en ont le courage ! Je les attends de pied ferme !
— Quand vous les verrez ce sera trop tard ! Alors repartez d'où vous venez tant qu'il en est encore temps !

Et l'homme remonte dans sa voiture, fait une embardée mal contrôlée en marche arrière dont son aile droite en fait les frais contre une grosse pierre délimitant l'entrée. Rageusement, il passe la première et repart sur le chemin, dans une gerbe de gravier.

Aussitôt, elle transmet à Romain, les photos de la voiture et la physionomie de l'homme de main en lui demandant de chercher à qui ils avaient à faire. Une heure plus tard, un message du jeune homme lui annonce que la voiture est celle d'un huissier de Foix et le cliché serait celui de l'homme de loi lui-même. Étonnant !

Julie, revenue à l'auberge essaie d'en savoir plus et commence par poser des questions plus précise à son hôtesse qui se fait un plaisir de raconter une grande partie de la vie de Julien et Martine et surtout, les dernières années du veuf jusqu'à sa mort violente. Mais surtout, elle lui conseille d'aller voir la secrétaire de mairie qui a aidé le berger dans ses dernières démêlées avec le fisc et la loi.

Sans perdre de temps elle se précipite à la mairie et explique à Roselyne ce qu'elle attend d'elle. Surprise par les questions de la jeune femme, la secrétaire la regarde avec méfiance et lui demande pourquoi elle s'investi autant pour un homme qu'elle n'a pas connu. Alors, après quelques instants d'hésitation, et jugeant la femme fiable, elle lui dévoile à mi- mots sa parenté avec Julien, révélée par Maître Ferrand.

Cette révélation trouble Roselyne, et une larme coule doucement sur sa joue. Puis, tendrement, elle embrasse Julie et, lui tenant les mains comme si elles étaient amies depuis longtemps, elle l'invite à dîner le soir même avec elle, en invoquant qu'elle avait des choses importantes à lui confier.

Le repas est simple, mais Julie est heureuse de ne pas être seule ce soir et la secrétaire lui parle du couple qu'elle connaissait bien, car du même âge, ils avaient fait leur jeunesse ensemble. Elle les lui décrit comme deux personnes que la vie n'a pas ménagé dans leurs jeunes années et qui se sont trouvés pour s'offrir l'un et l'autre ce que l'existence leur avait refusé jusque-là. Julien était un peu bourru, mais n'avait jamais refusé le moindre coup de main et payait volontiers sa tournée au café du village. Martine, était toute de miel. Une femme toute en tendresse, qui adorait son mari, et celui-ci le lui rendait au centuple, l'ayant élevée au rang de madone à qui il ne savait rien refuser. Leur couple semblait vivre sous un coin de ciel toujours bleu où le soleil semblait briller même les jours de gros orages noirs.

Mais le destin n'avait pas voulu leur permettre de devenir des parents, et cela les avait beaucoup peinés. C'était l'épine de leur bouquet de roses. Et quand Martine s'en est allée, une grande partie de Julien est morte avec elle, et il a eu beaucoup de mal à continuer seul sur le chemin de la vie.

Puis, après ces confidences pendant lesquelles Roselyne avait fondue en larme en évoquant ses chers amis, elles sont allées s'installer dans le salon. L'hôtesse ouvre le tiroir d'une vieille commode d'où elle sort une chemise cartonnée bien ventrue, qui contient beaucoup de papiers de toutes sortes.

- Après la mort de Julien, les Gendarmes ont mis les scellés sur la porte de la ferme. Mais ils ne savaient pas que l'on pouvait rentrer par une porte dérobée du cellier. Alors, sans rien dire à personne, je suis allé récupérer tous les documents que j'ai pu trouver dans l'habitation, et quand je les ai triés, j'ai remarqué beaucoup de choses bizarres. Je vais vous montrer ! Je crois qu'il y a des « trucs » vraiment louches !
- Qu'entendez-vous par « trucs » louches ?
- On peut se tutoyer, non, Julie ?
- Oui, tu as raison, Roselyne, surtout que nous allons avoir pas mal de choses à régler ensemble ! Alors, qu'as-tu trouvé ?

La secrétaire lui raconte comment Julien était venu lui demander de l'aide pour régler un problème avec les impôts, et comment il s'était retrouvé millionnaire du jour au lendemain avec sa propriété et ses terrains. Et comme il n'avait pas de quoi payer la somme que lui réclamait le fisc, il avait été harcelé par un huissier.

- Par un huissier ? S'étonne Julie.
- Oui, Maître Bourret !
- Ah, ça alors !
- Quoi donc ? Tu le connais ?
- Ah oui, je le connais, ce rapace !

Et elle lui raconte son aventure à la ferme, où l'huissier, sous couvert d'anonymat, se faisant passer pour l'homme de main d'un hypothétique « parrain », l'avait carrément menacée.

- Eh ben dis-donc ! Dit Roselyne abasourdie par la violence de cet homme qui est censé représenter la loi. Mais tu sais, Julien ne m'a rien dit, mais chaque fois qu'il en parlait, il faisait une drôle de tête et il serrait les poings. J'ai bien senti que cela allait au-delà des rapports normaux que l'on a avec les huissiers. Pour autant que l'on ait des rapports normaux avec cette engeance !
- J'ai quelqu'un qui est en train de faire des recherches sur lui. Demain j'en saurai certainement davantage sur le personnage, et quand j'aurais son curriculum... et je m'occuperai de lui ! Crois-moi !

Les deux femmes passent une partie de la nuit à classer les papiers trouvés chez Julien par ordre chronologique. Les premières sont les lettres du Trésor Public lui réclamant le montant de son ISF. Ceux-là,

Roselyne les connait car ce sont ceux qu'il lui avait montré pour l'aider dans ses démarches.

Ensuite, ce sont les mises en demeures de l'huissier. Et une chose parait incohérente, ce sont les sommes dues qui vont croissantes, sans réelle précision ni véracité légale les justifiant.

Roselyne montre une évaluation notariale de la totalité de la propriété et qui aurait été établie par l'étude de Maître Ferrand et détermine une somme presque dérisoire pour près de cent hectares de terrain et les bâtiments avec un laboratoire de fromagerie très bien équipé.

Julie tape du doigt sur la feuille :

— Tu as raison ! Il y a un problème, ce n'est même pas le tiers de la valeur réelle. Et cela vient de l'étude de Ferrand. Je vais l'appeler à la première heure pour qu'il m'explique à quoi rime ces magouilles. Et crois-moi que s'il trempe dans quelque chose de pas clair avec ce pourri d'huissier, je te jure qu'ils ne s'en sortiront pas !

Malgré une nuit très courte, Julie est sur pied de très bonne heure, et après une douche rapide, descend déjeuner dans la salle du restaurant où ce matin, de nombreux villageois se sont rassemblés après avoir appris la mésaventure de la jeune femme devant la ferme.

Apparemment, ils ne sont pas d'accord et sont divisés en deux avis. Ceux qui continuent d'affirmer qu'elle doit quitter le village, et ceux qui sont révoltés que l'on puisse menacer quelqu'un ainsi dans leur village.

- Mais enfin ! S'énerve la patronne de l'auberge, qu'est-ce qu'il vous prend ? Cette jeune femme veut acheter la ferme de Julien, et vous, vous voulez qu'elle s'en aille ? Est-ce qu'il y en a un seul d'entre vous qui peut l'acheter le domaine de Julien, hein ? Toi peut-être, le Marcel ? Avec ta retraite aussi rabougrie que ton machin entre les jambes ? Et vous autres c'est pareil ! Vous n'avez même pas de quoi vous payer la vaisselle des Combes ! Alors laissez Mademoiselle Tersac acheter la ferme, et foutez-nous la paix ! Allez travailler et vous occuper de vos femmes !

Un silence suit la diatribe de la vieille dame, et certains s'apprêtent à sortir de l'auberge.

D'un geste, Julie les arrête.

- Vous ne voulez pas qu'un étranger prenne possession de la propriété Combes ? Alors je vous informe que je n'ai pas besoin de l'acheter…

Elle laisse planer le silence, laissant l'assistance pendue à ses paroles :

- Je n'ai pas besoin de l'acheter car elle est déjà à moi… je suis la nièce de Julien Combes et je suis donc son héritière !

- J'en était sûre ! S'écrie l'aubergiste... Je l'ai senti que cette petite était de chez nous. Oh mon Dieu ! Martine et lui auraient été si heureux de la connaitre...

Aussitôt, passé le premier moment de surprise, les commentaires vont bon train, et ceux qui étaient opposés à Julie, s'érigent maintenant en défenseur véhéments de la nièce ! Les autres se précipitent pour la féliciter et lui serrer la main en lui promettant toute leur sympathie et surtout l'assurent de l'aide dont elle pourrait avoir besoin.

En fin de matinée, Romain vient rejoindre Julie pour lui faire part de ses dernières trouvailles. Il est tout excité et elle doit modérer ses ardeurs, pour pouvoir comprendre ce qu'il veut lui dire.

- J'ai enquêté sur cet huissier, Bourret ! C'est tout sauf un homme intègre ! Avant de s'établir à Foix il était dans le Nord où il a été impliqué dans plusieurs affaires louches. Il faisait pression sur des gens endettés pour les obliger à vendre leurs biens à une société immobilière dont sa femme était gérante, mais apparemment à son insu car à son procès, elle a chargé son mari. Mais comme il ne figurait pas dans les associés et qu'il ne faisait que bénéficier des subsides que rapportaient les locations ou les reventes des biens indument acquits... Par la suite, sa femme

a été condamnée et il a obtenu le divorce en invoquant le fait qu'il ignorait tout des malversations de son épouse, et il est parti en la laissant en prison.
- Mmmh ! Charmant personnage ! Un vrai gentleman ! Apprécie Julie. Et maintenant, il est venu dans le Midi pour poursuivre ses crimes !... Il faut que j'appelle Maître Ferrand pour voir si c'est bien son étude qui a réalisé l'estimation de la propriété de mon oncle.

Quand elle a le notaire en ligne, elle lui expose le problème et le silence qui suit lui fait comprendre qu'il est dans l'embarras :

- No... non, Mademoiselle Tersac ! Je... Enfin, c'est impossible ! Je ne peux pas faire une telle chose. Je dois respecter la loi ! J'aurais pu le conseiller s'il me l'avait demandé, mais c'est tout ! Mais vous êtes sûre que ce papier est à mon nom ?
- Oui, Maître ! Mais je pense que je vais suivre une autre piste ! Désolée de vous avoir dérangé. À bientôt Maître !
- À bientôt Mademoiselle Tersac et... soyez prudente !
- Maître ! Maître ! S'exclame Julie pour garder le notaire en ligne.
- Oui, Mademoiselle ! Je vous écoute !
- Vous m'avez bien dit qu'une société immobilière avait acquis les terres de mon oncle, c'est exact ?

— Apparemment elle en serait propriétaire, mais je n'ai trouvé aucune trace de paiement envers votre oncle. Mais quand j'ai demandé à la Mairie et à l'Équipement s'ils avaient enregistré la vente, la Préfecture m'a simplement répondu que tout était en règle et qu'une société avait été créé pour alléger l'ISF qui plombait votre oncle, et il aurait pris des associés pour partager les frais, mais surtout les bénéfices. Des bénéfices conséquents qu'ils comptaient faire en créant une résidence haut de gamme. Mais je n'ai pas encore eu le temps de me pencher sérieusement là-dessus !
— Ne vous inquiétez pas, Maître, je vais mettre du monde là-dessus et je vous tiendrai au courant de nos recherches et de ce que nous découvrirons !
— Alors c'est très bien, Mademoiselle Tersac ! J'attends donc de vos nouvelles !

Aussitôt qu'elle a coupé la communication avec Maître Ferrand, Julie se tourne vers Romain :

— C'est de ce côté-là qu'il faut chercher ! Pourquoi Julien aurait fait une société ? D'ailleurs, d'après ce que m'a dit Roselyne, il ne s'occupait jamais des comptes et il était presque analphabète, alors il n'aurait jamais pensé à créer une société et prendre des associés sortis d'on ne sait où. Je pense que l'huissier a manigancé tout cela ! Mais

comment est-il arrivé à décider mon oncle et à l'entrainer dans une telle combine ?
- Ou bien... Réfléchit Romain, votre oncle n'a jamais été au courant de quoi que ce soit, et l'huissier a tout magouillé tout seul... et peut-être que votre parent s'est suicidé quand il s'est rendu compte qu'on venait de l'escroquer ! Enfin... il me semble !
- Je vais appeler notre service juridique de Toulouse pour qu'il fasse des recherches sur cette société qui détient soi-disant les terres de Julien et les liens qui la lient à l'huissier.
- Euh... Si vous le permettez, je vais m'occuper d'appeler Toulouse !
- Ah... Comme vous voulez ! Allez-y et n'oubliez aucun détail... Et surtout qu'ils fassent vite.

Romain compose le numéro du bureau régional, et s'éloigne de Julie dès qu'il est en rapport avec la responsable du service concerné. Et à son air un peu gêné, et les coups d'œil furtifs qu'il lui jette par moment, elle comprend que la personne qui est à l'autre bout du fil ne laisse pas le jeune homme indifférent. Elle sourit. Mais elle ne dit rien. Ce qui est important c'est d'être efficace. Après tout, un peu de tendresse ne peut pas faire de mal.

De la main, elle lui fait signe qu'elle sort et se rapprochant un peu de lui, elle murmure :

- Je vais à la Mairie ! Rejoignez moi là-bas !

Pouce levé, il confirme.

- Bonjour Roselyne ! J'ai encore besoin de toi !
- Avec plaisir Julie, qu'est-ce que je peux faire pour toi ?
- Avant la mort de Julien, l'huissier, celui qui m'a agressé à la ferme, il a dû venir à la Mairie pour consulter le cadastre et déposer des actes, non ?
- Ah ! Bourret ! Maîîître Bourret ! Bien sûr qu'il est venu ! Trop souvent à mon goût, même !
- Ah, ah ! Le moins que l'on puisse dire, c'est que tu n'as pas l'air de l'aimer, toi non plus, cet homme !
- Cet homme ? Ce requin, oui ! Un chacal qui fait sa fortune sur le dos des autres ! Dans les environs de Foix, il a spolié beaucoup de petites gens, des artisans ou des ouvriers en chômage qui avaient des difficultés à payer les crédits qu'ils avaient contracté quand tout allait bien ! Ce salopard ne leur a laissé que les yeux pour pleurer !
- C'est bien ce qu'il me semblait ! Acquiesce Julie, mais pour agir comme cela, impunément, il doit bénéficier de certains appuis en haut-lieux, sinon la justice s'en serait certainement occupée, tu ne crois pas ?

Roselyne ne répond pas, mais elle pose son index droit sur ses lèvres et avec l'autre, désigne le bureau contigu au sien, désignant ainsi le maire du village.

- Ah bon ? S'étonne Julie.

- Passe à la maison ce soir ! Répond la secrétaire en laissant le doigt devant sa bouche pour signifier que les murs avaient des oreilles.

Puis, entrainant la jeune femme dans le couloir :

- Tu voulais voir le cadastre ?
- Oui, figure toi que quelque chose m'intrigue à propos des parcelles de Julien, et je voudrais en avoir le cœur net.

En passant devant la porte d'entrée de la Mairie, elles tombent nez-à-nez avec Romain qui rejoignait Julie, comme celle-ci le lui avait demandé.

- Roselyne ! Je te présente Romain qui travaille avec moi, et vous Romain voici mon amie Roselyne, secrétaire de mairie du village. Elle va nous amener voir les plans du cadastre.

Tous trois penchés sur les cartes des terrains formant la commune, ils cherchent à situer la ferme de Julien. Et c'est Roselyne qui la première pointe le bout de son doigt sur les deux rectangles qui représentent la ferme et la bergerie. Et, suivant le cours du ruisseau, les parcelles se succèdent dans une grande partie du val.

- Elles ont été crayonnées ! S'étonne Romain. Quelqu'un a dû les relever sur du calque, et les marques sont restées !

La secrétaire se saisit du cahier où figure toute la nomenclature des terres de la commune et le nom des propriétaires. Avec le numéro des parcelles elle a tôt fait de les repérer dans la colonne des références cadastrales.

Mais elle hésite quand elle lit le nom du propriétaire :

- Regardez ! Il y a des graffitis devant le nom et derrière le prénom, mais je n'arrive pas à lire ce qui est écrit !
- Attendez, on va l'agrandir ! Dit Romain en photographiant la case réservée aux noms des possédants.

Puis, écartant l'image avec ses doigts sur l'écran, il montre le résultat aux deux femmes.

- Les... Combes Julien...ne ! C'est le nom de la société immobilière, s'écrie Julie, j'en étais s...

L'arrivée brutale d'un personnage furieux, l'interrompt :

- Roselyne ! Qu'est-ce que cela ? Vous savez que je ne veux pas que l'on vienne ici sans que je sois au courant. Et d'abord, qui sont ces personnes ?
- Euh ! Monsieur le Maire, c'est Mademoiselle...
- Julie Tersac ! Se présente la jeune femme en s'approchant du magistrat et lui tendant la main, et mon assistant Romain Serval. Je suis l'héritière de Julien Combes, mon oncle !

L'homme pâlit, lâche la main de la jeune femme et, la voix tressaillante :

- Mais les Combes n'avaient pas d'héritiers !

– Et bien il faut croire que si, puisque je suis là ! Et nous sommes en train de voir qu'il y a des problèmes avec les parcelles qui appartenaient à mon oncle et qui doivent me revenir ! Que font ces ratures sur son nom dans la liste des propriétaires ?
– Mais je n'en sais rien moi ! Répond-t-il en haussant le ton. Allez voir le notaire, ou la Préfecture ! Mais foutez-moi la paix et sortez d'ici !
– Hum ! Moi aussi, j'ai été heureuse de vous rencontrer, Monsieur le Maire, et je pense que nous serons amenés à nous rencontrer encore dans les prochains jours pour éclaircir tout cela !
– SORTEZ ! Hurle-t-il.

Roselyne emboite le pas à Julie, suivie par Romain qui s'arrête face au magistrat et portant deux doigts à sa tempe, lui lance un narquois :

– Adéciats[3] !

Et pendant que la secrétaire regagne son bureau, anxieuse de la suite des évènements, Julie et Romain regagnent l'auberge pour faire le point sur cette dernière et étonnante découverte.

Romain appelle aussitôt les bureaux de Toulouse pour demander des renseignements sur le Maire du village et sur la société immobilière au nom trompeur de : « Les Combes Julienne ». Et sans demander l'avis de

---

[3] Adéciats : Au revoir en occitan.

Julie, il demande à l'un de ses amis de les rejoindre à l'auberge le plus vite possible.

Pour le déjeuner, ils font une infidélité à la vieille aubergiste et redescendent sur Foix pour manger dans un restaurant où le copieux menu changera des sempiternelles salades et omelettes de la gentille hôtesse, mais peu glorieuse cordon bleu !

À la fin de l'excellent repas aux senteurs du Sud-Ouest, Romain reçoit un appel, et les réponses qu'il donne à son interlocuteur intriguent Julie qui ne peut s'empêcher de lui demander une explication quand il remet son portable dans sa poche.

Un peu gêné d'avoir agi sans lui demander son accord, mais certain que cela était utile, il lui explique qu'il a contacté un de ses amis du Stade Toulousain pour le prier de venir les rejoindre avec quelques camarades bien charpentés pour assurer la sécurité de sa patronne et celle de la secrétaire de mairie qui risque de faire les frais de leur visite dans la salle du cadastre dans la matinée.

Deux gros 4x4 viennent se ranger devant eux, au beau milieu de la place centrale de la cité fuxéenne, et huit gaillards aux carrures impressionnantes en débarquent. Après quelques accolades viriles à Romain et des baisemains empruntés à Julie, les trois véhicules repartent vers le village.

Pendant que Julie ouvre les mails envoyés par les bureaux de Toulouse et contenants de nombreux renseignements sur les personnages et les sociétés impliqués dans cette escroquerie immobilière, dans l'un des 4x4, Romain, coincé entre deux garçons dépassant allègrement le quintal, guide le chauffeur jusqu'à la petite place de la Mairie, et en partie dissimulés derrière la haie d'une maison, guettent la sortie de Roselyne.

La demi de seize heure vient de sonner au carillon de l'église, en haut du bourg.

Quelques minutes, et les cinq garçons voient sortir la frêle silhouette de la secrétaire. Elle traverse une partie de la place, puis s'engage dans une rue qui mène hors du village, jusqu'à sa maison.

Le conducteur du 4x4 saisit les clés et s'apprête à faire tourner le moteur. Romain l'arrête et lui demande d'attendre.

Moins d'une minute plus tard, le Maire se précipite hors du bâtiment de l'hôtel de ville, fait un signe en direction d'un hangar à matériel, et une berline se lance dans la direction que lui indique le magistrat : la rue par laquelle s'éloigne Roselyne.

Dans le petit véhicule, deux hommes accompagnent le chauffeur. Ils suivent la femme, puis ayant dépassé la dernière maison, ils doublent la piétonne qui se range sur le bord herbeux de la rue, et mettant leur voiture en travers pour lui couper la route, les deux passagers bondissent hors du véhicule et la saisissent avec une brutalité démesurée par rapport à la petite taille de la pauvre Roselyne, sans défense, et qui se met à hurler de peur.

Le 4x4 a foncé vers la berline des voyous, et comme les hommes ont jeté la femme à terre, dans le fossé, le chauffeur lance le gros véhicule dont le pare-buffle défonce la malle et envoie la voiture défoncée dans le bas-côté opposé, assommant celui resté au volant.

Puis les cinq garçons jaillissent à leur tour et se saisissent des deux ruffians qu'ils calment rapidement de quelques « baffes » de rugbyman, copieusement distribuées.

Romain se précipite pour relever Roselyne, encore apeurée et en larme. Il appelle Julie pour l'informer de ce qui vient de se passer, et la prie d'avertir la Gendarmerie. Ce qu'elle fait aussitôt avant de rejoindre les garçons pour rassurer Roselyne et l'apaiser. Elle la fait assoir dans sa voiture en attendant les forces de l'ordre, et vient remercier Romain de son initiative qui avait certainement sauvé la pauvre femme d'un destin malheureux et peut-être funeste.

Les Gendarmes sont surpris de la tournure des évènements. Julie doit s'y reprendre à plusieurs fois pour leur expliquer ce qui se passe et l'implication certaine du Maire dans cette agression.

Toutefois, s'ils menottent les trois malfrats, ils ne comptent pas en faire de même pour le Magistrat et le laissent en liberté malgré les raisons invoquées et martelées par Julie et sa colère froide et déterminée à vouloir le faire mettre hors d'état de nuire.

C'est en pestant contre la frilosité des gendarmes qu'elle remonte dans sa voiture, et ne voulant pas laisser Roselyne seule chez elle après l'agression qu'elle avait subie, elle l'emmène à l'auberge et l'installe dans sa chambre où elle s'endort rapidement après avoir pris des calmants.

Maintenant l'affaire était claire et l'huissier n'était pas seul dans cette sombre histoire.

Et il n'était plus question de tergiverser, l'autre camp était passé à l'attaque, alors il fallait riposter.

Les rugbymen, partisans de battre le fer tant qu'il était chaud, voulaient redescendre vers Foix pour aller secouer l'huissier félon et lui faire rendre gorge !

Julie a beaucoup de mal à les calmer.

Nous sommes sur les terres de Gaston Phébus, Gaston de Foix le batailleur, mais tout de même ! Les autorités du Département ne seraient certainement pas d'accord avec ce retour au temps des Croisades.

Alors, une fois tout le monde apaisé, avec l'assentiment de Romain, elle décide d'aller le provoquer directement dans son étude, avec toutefois quelques garçons en couverture. On ne sait jamais.

Le clerc fait un bond sur sa chaise quand Julie entre en coup de vent dans l'étude de l'huissier. Il se lève et essaie en vain de la retenir avant qu'elle ne franchisse la porte du bureau de Maître Bourret. Mais elle le repousse du plat de la main et il retombe sur son fauteuil où la main puissante d'un gaillard de près de deux mètres le retient assis et lui intime de rester tranquille en posant son index sur ses lèvres.

La porte, sous la poussée, va claquer contre le mur, décrochant un cadre qui se casse avec fracas sur le sol.

L'huissier recevait justement le Maire qui était en train de lui relater les évènements de la veille. La surprise les fait bondir tous les deux et le sang quitte aussitôt leurs visages.

Maître Bourret, hors de lui, contourne son bureau et s'approche menaçant vers Julie. Sa main est levée, prête à frapper, mais c'est le poing de Romain qui lui écrase le nez et arrête net son geste.

— Toujours prêts à cogner sur les femmes, les petits malfrats de l'Ariège ! Lance Julie en décochant un vigoureux coup de pied dans le genou du Maire qui profitait de la diversion pour essayer de s'enfuir.

Hurlant de douleur et déséquilibré, il tombe dans les bras d'un des rugbymen qui vient d'entrer et rejette le magistrat dans un fauteuil comme un paquet de linge sale.

- Et ne t'avise pas de bouger ou sinon tu vas prendre une soupe de phalanges en plein museau ! L'avertit le gaillard plein de tendresse et de poésie.

La chemise maculée de sang coulant abondamment de son nez, l'huissier tente de juguler l'hémorragie avec un tampon de mouchoirs en papiers. Il geint dans un gargouillis de paroles inaudibles. Il tousse et parsème son sous-main et tous les documents étalés dessus, de tâches écarlates, aussitôt absorbées par le papier.

Tout ce gâchis le met en fureur et il menace ces visiteurs impromptus et non-désirés :

- Je vais appeler la police ! Je vais porter plainte contre vous !
- Pas de soucis, Maître ! Répond Julie, la police est en route car j'ai déjà porté plainte contre vous et vos acolytes pour malversations, escroquerie et vol ! Je crois que votre carrière d'huissier va se terminer là !

Stupéfait par la tournure que prennent les évènements, l'homme a une réaction inattendue et essaie de s'échapper. Mais la porte est toujours obstruée par le colosse du Stade[4] qui le renvoi dans ses

---

[4] Stade Toulousain : Rugby à XV.

« 22 », autrement dit sur l'autre fauteuil qui, sous la charge se renverse et envoie l'huissier rouler contre le mur, d'où il rampe jusqu'à son bureau pour se mettre à l'abri.

La police ne tarde pas à arriver sous la forme d'un lieutenant et d'un gardien précédés du Commissaire, qui reste très dubitatif quand il voit l'état du bureau avec le cadre cassé sur le sol, et surtout la face ensanglantée de l'huissier et sa chemise éclaboussée de tâches de sang.

- Eh bien ! On a l'air de s'amuser ici ! Alors moi, j'aimerais savoir qui est qui, et ce qui s'est passé dans cette pièce !

L'huissier profitant de l'intervention de la police, réussit à se faufiler hors de son bureau en bousculant les représentants de la loi restés en retrait de la porte.

Malheureusement pour lui, derrière, les deux gaillards sont toujours sur leurs gardes, et il se heurte contre un véritable mur de muscles.

- Lâchez-le ! Ordonne le lieutenant.

Les garçons se regardent sans libérer l'huissier, mais le policier réitère son ordre, et ils le relâchent, et aussitôt, l'homme se rue vers la porte de sortie en bousculant son clerc qui tombe comme une masse contre un classeur à dossier qui se renverse et fracasse la bouteille de la fontaine d'eau, provoquant une inondation sur le plancher de l'étude.

Ce chaos profite à l'huissier qui réussit à franchir la sortie en échappant aux rugbymen, coincés par la chute du classeur. Une fois à l'extérieur, il a tôt fait de monter dans sa voiture et de disparaitre dans les petites rues de la vieille ville.

Dans le bureau, Julie explique la situation au commissaire, dans tous les détails.

Son héritage, tronqué par les malversations de l'huissier, les recherches menées par son bureau de Toulouse et sur place avec son assistant Romain et avec l'aide précieuse de Roselyne, ce qui avait valu à la pauvre femme d'être agressée par des racailles envoyées par l'huissier et le Maire.

En entendant Julie le citer, le magistrat essaie de diminuer son rôle dans l'affaire en reportant toute la responsabilité sur les épaules de son complice.

Romain, qui se tient derrière lui, lui assène une gifle puissante sur la nuque pour l'inciter à se taire et ne pas interrompre sa patronne.

Après ce court intermède, Julie explique au policier la méthode employée par les deux malfrats pour mettre la main sur les terres de son oncle et le dépouiller de tous ses biens en montant une société qui reprend le nom de Julien.

- En le ruinant, ces deux salopards l'ont poussé au suicide ! Conclue-t-elle.
- Je ne crois pas, Julie ! Intervient Romain.

Julie se retourne vers son assistant qui est en train de fouiller les papiers qui jonchent le bureau et qui sont constellés de tâches de sang.

- Vous n'avez pas le droit de toucher ces affaires, Monsieur ? Demande le policier.
- Romain Serval ! Répond Julie, mon assistant, Commissaire !

  Puis s'adressant à Romain :
- Pourquoi ne crois-tu pas que ces crapules soient responsables du suicide de Julien ?
- Ah si, Julie ! Responsables, ils le sont ! Mais pas comme vous le pensez !... En fait je viens de trouver cette lettre dans le dossier qu'ils étaient en train de consulter, les rapaces, et elle est de la main de votre oncle. En fait pour qu'ils puissent s'approprier définitivement les parcelles, il leur fallait obligatoirement la signature devant notaire de toutes les parties. Alors, comme il ne supportait plus la vie sans son épouse et que le harcèlement que lui faisaient subir ces deux criminels, il a mis fin à ses jours... En fait, il les a vraiment piégés ! Il s'est vengé !
- Comment cela, il s'est vengé ? Demande Julie.
- Eh bien, d'après ces documents, quand Julien s'est retrouvé submergé par les sommes astronomiques à payer au fisc au titre de l'ISF et que notre chacal d'huissier est venu inventorier ses biens pour les saisir, ce voyou lui a proposé

un marché de dupes. Il lui a prêté l'argent pour se mettre en règle avec les impôts…
- C'est moi qui ai avancé l'argent ! Intervient le Maire sortant de sa prostration.
- On s'en fou ! Poursuit Romain. Bref, Julien devait céder toutes ses terres contre une somme ridicule et pour ne pas attirer l'attention des agents de l'enregistrement, ils se sont servis du nom de Julien Combes pour en faire la raison sociale de leur société bidon : « Les Combes Julienne » ! Mais il fallait quand même la signature de Julien, et il la leur avait promis quand tout serait réglé…
- Et il s'est pendu le jour où il devait signer l'acte de vente définitif ! Lance le Maire irrité. Quel con ! Mais quel con !

Une gifle cinglante vient zébrer la joue du magistrat. Julie lève la main pour lui en coller une seconde, mais le Commissaire intervient et lui saisit le poignet :

- Mademoiselle ! Arrêtez ! Vous n'avez pas le droit, nous allons le conduire au poste de police !
- Emmenez-le ce minable avant que je ne lui refasse le portrait !

Le soir, autour de la table, à l'auberge, Julie est triste et silencieuse. Romain n'ose pas briser le silence et se contente de siroter le verre de Martini que lui a servi généreusement leur hôtesse. Roselyne, est couverte d'ecchymoses et son corps est tout courbatu, mais elle est heureuse que tout cela soit terminé car elle s'est prise d'une profonde amitié pour Julie. Et elle espère bien que la jeune femme va quitter la capitale pour venir s'établir dans l'Ariège, au pied des Pyrénées et au milieu d'une campagne calme où il fait bon vivre près des forêts et des fraîches rivières.

- Julie ! Dit-elle avec une tendresse presque maternelle, souris un peu ! Tout s'est bien terminé. Cet abruti d'huissier s'est renversé dans un fossé avec sa voiture et les gendarmes n'ont eu qu'à le cueillir. Le Maire, pardon, l'ex maire est lui-aussi en prison et le notaire a régularisé l'intégralité de ton héritage... Alors pourquoi fais-tu cette mine triste ?
- Tu sais, Roselyne, la vie ne m'as pas permis de connaitre mon oncle, et je le regrette vraiment parce que j'aurais pu l'aider et aujourd'hui, il serait certainement encore en vie. Je n'ai plus mes parents depuis bientôt cinq ans, et je suis passé à côté d'un parent que j'aurais bien aimé côtoyer. Mais c'est la vie, et elle est quelquefois cruelle.
- Vas-tu rester ici, maintenant que tu as une maison et des terres ?
- Non, ce n'est pas possible ! Tout au moins pour le moment ! Mais ne t'inquiètes pas, Roselyne, je viendrais chaque fois que je le pourrai, car je

compte faire fructifier l'œuvre de Martine et Julien et donner du travail aux gens du village !
- Tu vas embaucher des bergers ? Demande naïvement sa nouvelle amie.

Un grand rire secoue Julie, et Romain qui se contentait d'écouter s'étouffe avec son Martini.

- Ah, ah, ah ! Mais non, ma pauvre Roselyne ! Tu me vois au milieu des moutons ?... Non, je vais faire construire un golf ! Un dix-huit trous ! Avec un beau club house et quelques villas en location pour les joueurs. Cela fera une vingtaine d'emplois pour le moins et des revenus pour les commerçants des alentours.
- Un… un golf ? Et tu crois que c'est bien ? Ici personne ne joue au golf !
- Mais on fera venir les joueurs de Toulouse qui jouent dans des clubs saturés et dans l'Aude, il n'y a que Carcassonne. Et nous ferons beaucoup de publicité, sinon à quoi servirait que je dirige l'un des plus importants médias du pays.
- Tu as un journal ?
- Si on veut ! Un journal télévisé plutôt ! Tu ne connais pas FIV ?
- C'est pas possible ! Et… c'est toi la patronne ?
- Et oui, ma Roselyne !
- Tu devrais te présenter comme Maire, à la place de l'autre pourriture !
- Non, Roselyne ! Je ne pourrai pas être souvent ici ! Et puis j'ai beaucoup de travail à Paris

- Mais je t'aiderai, moi !
- Non, je te remercie ! Mais maintenant je dois digérer tout cela. En quelques jours, j'ai découvert que j'avais de la famille ici, et je l'ignorais... Et je me suis attaché à cet homme, à Julien, mon oncle qui s'est suicidé. Au début, j'ai pensé qu'il avait mis fin à ses jours parce qu'il ne pouvait pas faire face aux dettes que le fisc lui a créé avec ses impositions iniques ! Mais non, il avait compris ce que tramait l'huissier et son complice et il a voulu déjouer leurs plans pour sauver sa propriété. C'était sa façon de leur échapper, de leur jouer un ultime tour, de se venger !... La vengeance d'un simple !

LA VENGEANCE D'UN MORT !

Résurrection

J'ouvre les yeux.

Je me sens vraiment bizarre, mais paradoxalement, je suis dans une forme splendide ! Que dis-je, je me sens si bien que je suis prêt à soulever le monde. Cela me parait exagéré dans un premier temps, mais pourtant c'est l'exacte vérité et je suis sûr de disposer d'une force fantastique. Mes mouvements sont rapides et précis.

Jamais je n'ai eu de tels réflexes, aussi puissants et ravageurs.

Invincible !

Comme un chevalier fraîchement adoubé et doté d'une invincible armure.

D'où me vient une telle force ?

Voyons voir !

Je me rappelle ce vendredi soir. Je suis sorti du bureau comme un fou et je me suis précipité au parking de la société. C'était une fin de semaine vraiment spéciale.

Avec Raul et Paco nous allons au stade « El Campi » pour la finale de la Copa America de Football qui oppose la Colombie au Costa Rica. Un match qui promettait d'être particulièrement passionnant. Aussi je ne voulais pas en rater une seule seconde, et je roulais comme un fou sur la voie rapide qui conduit au grand stade de Bogota.

Et puis, il y a eu cet imbécile qui roulait tranquillement sur la gauche de la route.

J'ai écrasé mon avertisseur, mais ce « bourro » ne bougeait pas. Alors j'ai donné un coup de volant et je l'ai doublé.

Et c'est là que je me suis retrouvé face à cet énorme camion... et je me suis encastré dedans.

Je suis mort sur le coup.

Enfin ça, c'est ce que les gars de l'ambulance ont dit. Moi, j'ai souffert comme mille diables pendant un temps qui m'a semblé une éternité, comme si tout mon corps n'était qu'un immense brasier.

Et puis, tout à coup, le noir complet et l'apaisement, plus la moindre douleur... et un long, très long sommeil.

Et puis je me suis réveillé ici !

Dans un endroit qui m'est familier, et pour cause, c'est la maison où je vivais avec ma Carmencita chérie !

Alors ça ! J'ai une chance insensée !

Je meurs, et puis je ressuscite... et chez moi ! Si ce n'est pas une parfaite aubaine, ça !

Je suis dans la cuisine quand j'entends du bruit dans l'entrée, un cliquetis de serrure puis la porte qui s'ouvre. Quelqu'un entre et on la claque pour la refermer. Maintenant des voix résonnent dans le couloir puis se dirigent dans la pièce à vivre de la maison !

Fou de joie je reconnais le divin organe de ma Carmen, douce et suave, que j'aimais entendre me susurrer des obscénités quand nous faisions l'amour. Et je vais pouvoir à nouveau la serrer dans mes bras et la sentir vibrer de jouissance sous moi.

Ma Carmencita, l'amour de ma vie ! Ma déesse, belle comme le jour et fraîche comme le fruit que l'on cueille. Quelle surprise l'attend. Elle ne va pas en croire ses yeux quand elle me verra devant elle, moi son unique amour !

La joie m'envahi ! Je ne comprends toujours pas ce qui m'a valu cette seconde chance, mais je ne vais quand même pas cracher dans la soupe et regretter ce qui m'arrive.

Peut-être que j'ai fait quelque chose de bien dans ma vie antérieure et qui me permet aujourd'hui de bénéficier de ce magnifique don du ciel ! Un sursis dont je compte bien profiter pendant des années, auprès de ma douce colombe !

Mais !!... Qu'est-ce que j'entends ? L'autre voix ? C'est celle d'un homme !

Qu'est-ce qu'un homme fait avec ma Carmencita ?

J'entends leur discussion. C'est lui qui parle :

— Je te sers un mojito, ma chérie ?

Co… comment… il l'appelle « ma chérie » ? Mais de quel droit lui parle-t-il ainsi ?

— Oui mon mari chéri, avec plaisir !

« Mon mari chéri » ? C'est bien ce qu'elle lui a dit ? Mais bon sang, son mari c'est moi !

- Viens me faire un câlin, querido mio[5] ! Viens me faire l'amour !
- Sur le canapé ?
- Bien sûr ! Comme d'habitude ! Tu aimais bien me faire l'amour comme cela pendant que mon « loco » de mari allait à son boulot pourri pour gagner trois cacahuètes.
- Ouais ! J'espère que tu ne me tromperas pas comme tu le faisais pour lui !
- Mais non, mon chéri, lui c'était une lavette qui n'a jamais été capable de me faire jouir. Avec lui, j'aurais dû avoir l'Oscar de la meilleure simulation d'orgasme. Quel nul !
- Et dire que c'est cet imbécile qui m'a appelé pour réparer le robinet de l'évier. Tu te souviens ?
- Oh oui ! C'est lui qui t'as ouvert la porte et ensuite il est parti travailler dans son bureau minable. Tu m'as tapé dans l'œil de suite !

---

[5] Querido mio : mon chéri

- Et tu es venu me rejoindre dans le placard sous le plan de travail !
- Eh oui, moi aussi je sais m'occuper des robinets, n'est-ce pas ?

Et un grand rire résonne dans toute la maison.

Mais enfin ! Je ne comprends rien ! Ma Carmencita me trompait honteusement... Je n'arrive pas à y croire !

Je suis complètement abasourdi. Le plombier ! Elle me trompait avec le plombier et en plus elle s'est mariée avec lui.

Ah elle dit que j'étais un minable au lit ? ... Ah elle simulait, cette salope ?

Mais je ne vais pas me laisser faire ! Elle ne sait pas que je suis revenu et ma nouvelle constitution va me permettre de démolir ce bellâtre de bas-étage. Je vais le transformer en pâté pour chien, et je montrerai à cette garce qu'elle n'aura plus besoin de faire semblant ! Les choses vont changer ! Je vais leur montrer qui je suis !

- Carmen ! Il n'y a plus de rhum !
- Il y a une bouteille pleine dans le placard de la cuisine !
- Je vais la chercher !

Magnifique ! Il vient tout seul à la cuisine. Je vais le pulvériser !

La porte s'ouvre et l'homme pénètre dans la cuisine. À nous deux !

En me voyant il pousse un cri et par réflexe il soulève son pied.

Mais... Mais je ... Aaaaaaaaah !

La semelle de la grosse chaussure claque sur le sol en même temps que gicle une écœurante bouillie blanchâtre.

- Maldito, chérie ! Il y avait un cafard dans ta cuisine !

Divorce à la Sicilienne

Quand Gigliola marche dans les rues de Paris, arpentant les rues commerçantes de la capitale, beaucoup d'hommes se retournent sur son passage pour admirer la plastique de rêve qu'elle balance de droite à gauche, à chacun de ses pas.

Cette jeune Italienne, originaire de Catane, en Sicile, connait parfaitement l'effet qu'elle produit sur la gent masculine et se délecte en regardant, dans le reflet des vitrines, les regards suivre le déhanché sensuel de ses fesses dansant dans le minuscule short laissant voir une partie de ses voluptueuses formes.

Gigliola aime s'amuser à provoquer les hommes.

Quand elle porte des jupes longues, elles sont fendues si haut que lorsqu'elle s'installe à la terrasse d'un café, la Patrouille de France peut passer en rase-motte au-dessus de la tour Montparnasse, aucun mâle ne lève les yeux.

Ses décolletés sont autant d'invitations à admirer les belles rondeurs de ses seins ronds, très... proéminents.

Pourtant cette ravissante déesse est mariée.

Six mois plus tôt, elle a épousé David, le gérant d'une société de contrôles de sécurité, beau-gosse lui aussi et qui plait bien aux femmes. Mais pour lui, ce qui compte le plus c'est son travail, l'avenir de son entreprise dans une période difficile. Aussi il ne perdait pas son temps à jouer les séducteurs et passait le plus clair de son temps sur les chantiers et en recherches commerciales.

Mais la belle Gigliola est d'une jalousie maladive, et autant elle aime attiser les passions autour d'elle, autant son mari n'a pas le droit de diriger son regard vers la moindre représentante des filles d'Ève. Et si tout à fait par hasard, une femme tourne la tête vers David, c'est le début d'une dispute qui peut durer plusieurs heures, car elle ne peut admettre la moindre explication de son mari.

Mais les sempiternelles disputes se terminent le soir dans la chambre où la tigresse qui est en elle se déchaine et se révèle une amante hors norme, entrainant son homme dans un délire sexuel qui le laisse livide et sans forces au fond du lit.

Et le lendemain elle est à nouveau prête à lui arracher les yeux si à l'occasion d'un feu rouge il se retrouve bloqué derrière une voiture conduite par une femme. Elle devient hystérique et lui hurle dans les oreilles pour qu'il se dégage le plus vite possible.

David est excédé par le comportement excessif de son épouse qui l'a éloigné de tous ses amis et surtout ses amies, car toutes les fêtes se finissaient inévitablement par une violente dispute et Gigliola c'était attiré l'inimitié de tous à cause de l'enfer qu'elle lui faisait vivre.

Quelques semaines plus tôt, il y avait même eu un clash énorme avec Violette, la mère de David qui était venu voir son fils, et elle le tenait serré contre elle en lui embrassant la joue. Gigliola l'avait violement arraché aux bras de son fils en l'insultant et en l'accusant de se frotter contre lui de façon incestueuse. Depuis ce jour Violette n'avait plus mis les pieds dans l'appartement des jeunes mariés. Et quand quelques jours plus tard David était passé seul, voir sa mère chez elle, elle lui avait dit de ne pas rester avec une telle femme qui allait lui gâcher la vie et peut-être même pire.

Mais il était amoureux de cette femme impossible, et leurs retrouvailles sur l'oreiller lui manquerait beaucoup trop, pour ne pas dire qu'il lui était impossible d'envisager d'y renoncer.

Aussi, il s'étourdissait dans son travail, et quand il était avec elle, il détournait le regard aussitôt qu'une femme risquait de passer dans son angle de vue, et lui pardonnait, malgré tout, son exhibitionnisme de rue.

À la maison, David ne parlait jamais de son travail, de ses rendez-vous commerciaux comme de ses chantiers pour éviter de provoquer la moindre dispute de jalousie. Même les SMS qu'il envoyait ou recevait étaient si laconiques que quelquefois il devait demander à son correspondant de préciser son message.

Un matin, alors qu'ils déjeunent en amoureux, le portable de David se met à vibrer.

Gigliola fait aussitôt la moue et demande, ou plutôt exige, que son mari ne consulte pas ses appels et reste avec elle ce samedi matin. Mais ne tenant aucun compte des récriminations de son épouse, il sort son téléphone et, glissant son doigt sur l'écran, ouvre ses SMS et les lit. Puis il avale sa tasse de café et se lève pour partir. Alors, elle entre dans une colère presque hystérique. Elle se jette sur lui et le frappe de ses poings fermés sur la poitrine puis, tremblante de rage, elle s'effondre sur sa chaise, pleurant comme une gamine, la tête posée sur ses bras croisés.

David, ne supportant pas de la voir pleurer, pose son appareil et il fait de tendres câlins à son épouse pour la consoler et il lui promet de lui réserver la journée du lendemain et de lui en consacrer toutes les minutes.

Puis, quand les sanglots de son épouse se sont enfin apaisés, il enfile son blouson et sort de la maison. Deux minutes plus tard, elle entend la voiture quitter le garage et se lancer dans la rue.

Dans sa précipitation, il a oublié son portable sur la table.

Intriguée, elle le regarde du coin de l'œil sans oser s'en saisir.

Un combat se livre en elle. Osera-t-elle ou pas ?

La question ne la perturbe que quelques secondes au bout desquelles sa main se poses sur l'appareil et d'un doigt nerveux, elle fait défiler les derniers messages.

Son visage devient blême car TOUS les SMS sont signés « Camille » !

Fébrilement elle fait défiler toutes les lignes que son mari a reçu ces derniers jours.

Et là, elle vire carrément au pourpre car les deux lignes reçues pendant le petit déjeuner sont explicites : « RV 9h hôtel Napoléon. Camille » !

Le souffle coupé, abasourdie, elle ne comprend pas. David ne lui parlait jamais de son travail, mais il lui répétait sans cesse qu'elle seule comptait pour lui et qu'il se donnait à fond pour son travail pour pouvoir lui payer la vie dont elle rêvait.

Et maintenant, voilà qu'elle découvre qu'il la trompe, lui, le si fidèle David !

Le doute est là, mais elle poursuit la lecture de tous les messages, et des larmes de rage coulent sur ses joues.

Chaque message désigne un hôtel ou un palace, pratiquement tous les jours. C'est un vrai cauchemar pour la jeune femme italienne qui tombe de très haut.

Mais elle n'allait pas en rester là. Il fallait qu'elle soit sûre.

Alors, elle se lève d'un bond, bien décidée à aller se rendre compte elle-même de ce qu'il en est de cette relation qui a l'air de durer depuis longtemps. Elle se prépare en un temps record, se douche, se maquille et s'habille en beaucoup moins de temps que d'habitude quand elle s'apprêtait pour aller se « montrer » en ville.

Moins d'une demi-heure après, son GPS la guide dans les rues de Paris jusqu'à l'hôtel Napoléon.

Maline, elle a discipliné ses cheveux longs et frisés en un très sage chignon, et a chaussé son nez de lunettes colorées et larges et elle a enfilé un tailleur Chanel grège à fin pied-de-poule. Totalement méconnaissable, elle s'installe dans un canapé dans un salon à la décoration surannée, classique des vieux hôtels à la française.

Elle a choisi la place avec beaucoup d'attention, de son poste d'observation, un magazine à la main pour dissimuler son visage, elle peut surveiller parfaitement le bureau d'accueil, le bar, le couloir menant aux escaliers et les portes des deux ascenseurs.

À cette heure de la matinée, beaucoup de personnes empruntent les ascenseurs et traversent le salon. Personne ne fait vraiment attention à la jeune femme à tel point que même les garçons n'ont pas quitté le bar pour lui proposer quoi que ce soit.

Une femme très élégante se dirige vers le bureau d'accueil, parle quelques instants au concierge avant d'aller vers les ascenseurs pour se rendre dans les étages. En passant près de Gigliola, celle-ci remarque le parfum de marque dont les agréables effluves marquent son passage.

Plus d'une heure passe, lui semblant une éternité, avant qu'elle ne revoie la femme ressortir de l'ascenseur. Elle repasse devant elle, laissant à nouveau une trainée de son parfum.

Patiemment, se levant de temps en temps pour faire quelques pas, elle reste dans le salon de l'hôtel jusqu'à près de midi avant de voir son mari sortir de l'ascenseur et se diriger vers la sortie. Elle s'enfonce dans le fauteuil et tient le magazine devant son visage pour qu'il ne la reconnaisse pas.

Quand elle rentre chez elle, la voiture de son mari est dans le garage. Alors, innocemment, elle vient le rejoindre dans le salon, tenant à la main un sac contenant de la lingerie qu'elle avait pris la précaution avant de se rendre à l'hôtel le matin.

Câline, elle s'approche de lui et se penche pour lui donner un baiser.

Il est en train de consulter divers plans, surement en rapport avec son travail, et quand elle s'approche, il lève la tête pour accepter son baiser.

Gigliola pose ses lèvres sur celles de son mari et, tout à coup, elle se tétanise, puis elle se redresse brusquement.

David, étonné de sa réaction, lui demande ce qui se passe. Elle ne répond pas, mais son attitude a changé instantanément. Son visage c'est figé dans une grimace de dédain et la colère monte en elle.

Mais soudain, son comportement revient normal et elle retrouve son sourire, quoiqu'un peu crispé. Et elle l'embrasse à nouveau, plongeant subrepticement sa langue dans la bouche de David.

Le restant de la journée, ils sortent se promener, et elle en profite pour faire quelques achats dans des magasins de luxe, malgré que David se montre récalcitrant, vu le prix des emplettes de Gigliola, et le fait que son travail ne rapporte pas encore assez pour combler les envies compulsives de son épouse.

Malgré tout, il lui propose de dîner dans un restaurant, ce qu'elle accepte avec plaisir et elle fait en sorte d'être le plus agréable possible et le couvre de caresses peu discrètes, au vu et au su des autres clients de l'établissement.

Une vrai « passionaria » !

Quand ils rentrent chez eux, il a beaucoup bu et c'est elle qui conduit pour les ramener.

Dans la chambre, elle se déshabille devant lui, dévoilant son corps splendide dans un strip-tease érotique et très excitant qui mettent David dans tous ses états, émoustillé par les gestes lascifs de sa femme.

Également nu, en pleine forme, il la prie de venir sur lui car il ne tient plus en place, et il meurt d'envie de lui faire l'amour.

Alors, telle une panthère, elle se glisse à quatre pattes sur le lit, et avec un déhanché qui balance ses seins de droite à gauche.

Se retournant, elle l'enjambe au-dessus de sa tête, puis écartant ses jambes, elle pose son sexe sur la bouche de David. Excité par l'alcool et l'attitude de sa femme, celui-ci se met à la déguster à grand coups de langue.

Le laissant à sa caresse, elle l'entreprend :

— Qui est la femme avec qui tu étais ce matin à l'hôtel ?

— Mmmh ! Que… qu'est-ce que tu dis ?

— J'ai reconnu le parfum de cette Camille sur tes vêtements quand je suis rentré à midi… Tu es un menteur, salaud, arrête de me mentir… J'ai vu les messages sur ton téléphone… Tu es un pourri… Tu m'as trompé, tu m'as trahie… Tu vas le payer et après j'irai m'occuper de cette salope de Camille.

David ne comprend pas ce qui se passe. Ses bras sont bloqués sous les tibias de Gigliola et son visage est pis entre les fesses opulentes de la femme. Il se débat, mais elle l'écrase de son poids. Avec ses mains, elle appuie sur ses genoux, le privant de pouvoir se dégager en agitant ses jambes.

– Salaud ! Tu ne me mérite pas ! Tu ne mérites pas de vivre !

Et elle s'assied totalement sur la face, bloquant complètement son nez et sa bouche avec son sexe.

David étouffe ! Ses mains s'agitent et griffent les draps de ses ongles. Il essaie de se débattre.

Puis ses gestes se font saccadés avant de retomber, sans vie !

Elle reste un long moment sans bouger, les yeux remplis de larmes.

Le lendemain matin, bien que l'on soit dimanche, quelqu'un sonne de bonne heure à la porte du couple.

À moitié sonnée, Gigliola, au bout d'un long moment se décide à ouvrir.

C'est un homme qui attend sagement dans l'embrasure, l'air plutôt gêné.

– Oui ? Demande la jeune femme.

– Euh ! Je suis désolé de vous déranger, Madame, mais je suis venu car j'ai besoin de David pour un travail urgent !

– Qui êtes-vous ?

– Je suis l'employé de votre mari et nous avons un problème sur l'un des ascenseurs de l'hôtel Napoléon que nous avons inspecté hier.

La patronne de l'hôtel avait passé plus d'une heure avec David hier pour lui demander de changer une cabine qui avait des problèmes. Une belle femme mais avec un parfum puissant et des exigences de princesse. Il s'est fait houspiller pendant un bon moment avant qu'elle ne tourne les talons... Mais, au fait, Madame, il ne vous a jamais parlé de moi, David ?... Je m'appelle Camille !

Table des matières

Une sensation bizarre……………………………… 7

Une longue nuit de Novembre………………… 14

Le Roi Fromage…………………………………………… 41

Le pendu de la Cité………………………………… 48

La vengeance d'un mort………………………… 57

Résurrection……………………………………… 113

Divorce à la Sicilienne……………………………… 119

La Guerrière Cathare

Les Femmes de guerre

Le combat de deux femmes dans ce XIIIème siècle dans cette si belle Occitanie, après la honteuse Croisade contre les Albigeois et les bûchers de l'Inquisition.

L'Or de la Montagne Noire

Énigme en Cabardès

À la recherche de la fabuleuse mine cachée dans les contreforts de la Montagne Noire.

Les experts au Moyen-Âge !

CANICULE MEURTRIERE

Meurtres en série à Castelnaudary

La Capitale du Lauragais et du cassoulet sous la coupe d'une mafia née de la guerre et des trafics et des assassinats qu'elle avait permis et favorisé pour des truands en devenir !